雕塑诗学

Sculpture Poetics

秦　刚◎著

线装書局

图书在版编目（CIP）数据

雕塑诗学／秦刚著 . —北京：线装书局，2018.8
ISBN 978-7-5120-3358-0

Ⅰ.①雕… Ⅱ.①秦… Ⅲ.①散文集—中国—当代
Ⅳ.①I267

中国版本图书馆 CIP 数据核字（2018）第 202375 号

雕塑诗学

著　　者：秦　刚
责任编辑：于建平
出版发行：线装书局
　　　　　地　　址：北京市丰台区方庄日月天地大厦 B 座 17 层（100078）
　　　　　电　　话：010-58077126（发行部）010-58076938（总编室）
　　　　　网　　址：www.zgxzsj.com
经　　销：新华书店
印　　制：北京市金星印务有限公司
开　　本：710mm×1000mm　1/16
印　　张：13
字　　数：142 千字
版　　次：2019 年 1 月第 1 版第 1 次印刷
印　　数：0001—3000 册

定　　价：42.00 元

线装书局官方微信

自为序

《诗学》，古希腊哲学家亚里士多德的美学巨著，他从哲学的高度提炼魅力永恒的希腊艺术精神，探索希腊艺术的历史演变，剖析宏美的希腊艺术杰作，铸成了西方美学的开山杰作。

所谓"诗学"，是作诗论诗的学问，是研究诗歌创作规律的著作。而我所谓"雕塑诗学"，是研究雕塑艺术规律，通过对形而上之哲学、艺术精神、雕塑物自体的深入探讨，构筑的一个对于雕塑艺术的全局思维的系统。

我认为任何"诗学"的范畴首先源于对存在的思量。存在之思，这不仅是一个哲学问题，而且是一个艺术的终极问题。到底"我心即宇宙"还是"性即是理"？这个绵延千年的存在之辨，永无尽头。人类的文明在这思辨中前进，艺术的奇异在这思辨中烂漫。因此我的"雕塑诗学"以存在之思打头，可谓秉承亚里士多德衣钵，在对雕塑艺术的思量中直指其哲学的本源。

艺术精神，我且以佛学概念中的"阿赖耶识"对应之。每个民族、每个文明由于地理、宗教、人文以及历史的方方面面原因，必然造成民族心理的不同、文化的不同、艺术思维的不同。开掘这个"阿赖耶识"的宝库，既是对往昔艺术的致敬，也是吾等艺徒畅想未来艺术的倚靠，它向我们揭示了品评不同文明背景下，艺术作品高下标准的奥秘。

难怪有哲人如是言之——

"当你对未来之路感到困惑时，请回溯历史！"

在基督教的语境中，圣灵、圣父与圣子是三位一体的概念，然而人类苦难的拯救毕竟不能只是空洞的说教，因此，耶稣降临人世，道成肉身！在海德格尔眼里，这是个"诗意的栖居"。"道"从此有了鲜活的"物自体"承载，所谓物以载道是也。

雕塑诗学的构建必不可少的离不开雕塑本体的存在，就像圣子的降临一样。因为有了对于存在的思量、艺术精神的开掘、雕塑物自体也就道成肉身了。这个肉身是"诗意的栖居"，她有中国雕塑意、象、味的智慧；有地中海文化圈雕塑理、态、体的理智；有印度雕塑三屈式的执着；有黑种雕塑通灵三界的奇异。而构成雕塑自身的材质和她屈张的生命状态一起成为那灵魂的居所，那灵魂是什么？

是对存在的思量！

是对艺术精神的诠释！

是对生命本体的礼赞！

目 录

下篇　诗意的栖居

上篇　存在之思

艺术是唯一可以展现真理的地方。

——社会运动美术学者梅萨班斯（Amalia Mesa-Bains）

思

"形而上者谓之道，形而下者谓之器"源出《周易·系辞传上》第十二章"乾坤，其易之蕴邪！乾坤成列，而易立乎其中矣。乾坤毁，则无以见易。易不可见，则乾坤或几乎息矣。是故形而上者谓之道，形而下者谓之器。化而裁之谓之变，推而行之谓之通，举而措之天下之民谓之事业。"因此，形上即"道"，形下即"器"，而"形"是天象地形的简称。《系辞传上》一开始即言"天尊地卑，乾坤定矣。……在天成象，在地成形，变化见矣。"故此，"形上"乃是在天地形象之上存在的抽象原道，亦即"形""象"之核。朱熹亦云："形而上者，无形无影是此理；形而下者，有情有状是此器。"

古今中外，凡举雕塑，莫不为天地间之具体物，具体"器"，故雕塑因有形而是"形"。雕塑艺术的形上就是其精神内核、思想内蕴、文化承载之凝结。没有文化、思想、精神的人安得是"人"？同样，没有"形上"的雕塑艺术岂可谓之人类艺术的结晶。虽然，（美）马克斯·莫尔（Max More）在《超越主义者原理——超人类主义宣言》《论变成后人类》之文中有提出"超人类主义""后人类主义"[注一]，甚至"后人类主义雕塑"[注二]随之滥觞。这些观点看似挑战了我们对于过去知识集合的仰尊与挚爱，实则这些雕塑本身又有哪一个是脱离了人类参与的产物呢？所以，无论是所谓"前人类""超人类"还是"后人类"，无可置否，落脚之点莫不为"人类"！据此，"形上"必然成为"人类"雕塑艺术的必然属性。

对此，东方有"形上"之仰观、深悟、哲思，西方有"形而上"之学。从亚里士多德《形而上学》里对超感性、非经验的东西的研究到尼采［图1］"审美形而上学"的反思——"一位自由思想家即使放弃了一切形而上学，艺术的最高效果仍然很容易在他心灵中拨响那根久已失调，甚至已经断裂的形而上学之弦"，以至他"内心就会感到深深的刺痛"注三。且不管加缪的《形而上的反抗》说了什么，我们至少看到了尼采完成了对"形上"从激情到忧思的"形而上学"完整理论建构。

《毛诗序》云："情动于中，而形于言；言之不足，故嗟叹之；嗟叹之不足故咏歌之；咏歌之不足，不知手之舞足之蹈之也。"黑格尔在谈及人类初期的艺术时说：人尽情地向神，向一切值得赞赏的对象抛舍自己，但是在这种抛舍中却保住了自己的自由实体性，去对付周围的世界。注四由此，法国拉斯科洞穴里血色的手印，奔腾的野牛，跌落陷阱的马匹；西班牙阿尔塔米拉洞窟里《受伤的野牛》等的"形上"深蕴得以完美的阐释。当灼烧的甲骨龟裂，祭祀的歌舞吟跃，袅绕的焚烟弥漫升腾。书贞的甲骨，祭天、鬼、祖的诗歌、舞，载牲的鼎器俱因"形上"——载道、运思、精神的渴求而生而创。

是故，现藏奥地利维也纳自然博物馆的《威伦道夫的维纳

图一：尼采

斯》（*Venus of Willendorf*），印度桑奇大塔东门立柱与横梁交角处的《树神药叉女》揭示了先古人类对生殖的崇拜、氏族繁盛的希冀。

是故，霍去病墓足踏匈奴的战马，唐太宗墓前神姿异彩的《昭陵六骏》[图 2]，《马踏飞燕》的神驹，战阵里肃列的始皇军俑，高持雷霆的宙斯，形容枯槁的《苦行的释迦》（现藏拉舍尔博物馆），等等等等，无不引人进入浓郁的形上焕彩、精神内涵之思量。

至此，治学雕塑必治形而上之学有了其完全的理由。

形而上学者——哲学中最哲学的部分。其所谓"理"由思考而得来，并非是以科学为根据的。纵观人类对于思考的能力，虽古今而无大异。至于运用所依靠的工具，如言语文字等，则只需达到相当程度，则即能建立哲学之大体轮廓，并知其中之主要道理。此后哲学家之所见，可更完备精密，但不易完全出前人之轮廓。一时代之哲学家之哲学，不会是全新的，所以是"上继往圣"。但在其哲学中的较新部分，可能是全新的，所以可"下开来学"。正所谓"一部西方哲学史不过是柏拉图、亚里士多德的注脚而已"，说的正是这个意思。无疑正是此等原由，法国逻辑学家 E. 戈博才会这样写到：柏拉图的哲学不是某一种形而上学，而是唯一的形而上学。

故此，形而上学方面的理论不会随着时代科学理论的进步、改变，而失去其存在的价值。考查整个中外哲学史，凡是以科学理论为出发点或根据的哲学，皆不久即失去其存在价值：譬如亚里士多德、黑格尔、朱熹，其哲学中的所谓自然哲学部分，现在就只具备历史的意义了。独其形上学，即最哲学的哲学，永葆其存在价值之

图二：昭陵六骏

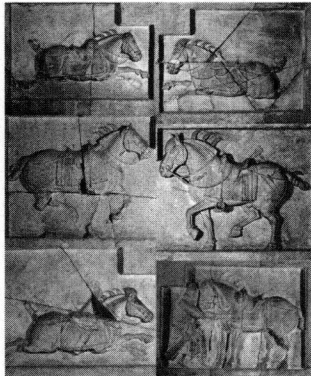

春。之所以如此也者，都是因为其形上学非以当时之科学的理论为根据，故亦不受科学理论之变动而变动也。

透视中国哲学的前世今生，自秦以降，汉人最富于科学的精神，晋人则最富于哲学的精神。当汉之时，流行的哲学，是阴阳五行。这一派的哲学，与其说是哲学，毋宁说是我们的原始科学。凡先秦哲学中所有关于逻辑的观念，此时人均予以事实的解释，使之变为科学的观念。所以汉人的哲学，至今只有历史的意义。当晋之时，先秦哲学中所有关于逻辑的观念，值此又恢复其逻辑的意义。我们常见此时历史有说，某某善谈名理。所谓名理，即是对于实际无所肯定之理论，亦可说是"不着实际"的理论。因其"不着实际"，所以其理论亦不随人对于实际的知识之变动而变动。憾晋人虽善谈名理，但由于其对于真际仅有所肯定而无系统之肯定，所以晋人没能建立伟大的哲学系统。然，晋人的哲学至今却仍有哲学的意义！

对于真际或纯真际做透彻论述的，在先秦首推公孙龙，在以后当为程朱。他们对于此方面的知识，不是以当时的科学作为理论根据的，其实，也是不需用任何时代的科学理论为根据，所以此知识不随科学理论的变动而变动。哲学对于真际有所肯定，而不注重对于实际的肯定。哲学对于其所讲的真际，不用之而只观之。如一张方桌子，我们可以"用"桌子，但"方"则属于哲学概念。"观"这个字，得之于邵康节。邵康节有《观物篇》。他说："夫所以谓之观物者，非以目观之也。非观之以目，而观之以心也；非观之以心，而观之以理也。"程明道有诗云："万物静观皆自得，四时佳兴与人同。""静观"二字甚好。心观是就我们所以观而言，静观则是就我们观之态度而言。以静心观真际，可使我们对于真际，有一番理智、真情的了解。禅僧常曰："觉字乃万妙之源"，对真际的真情了解即为"觉"，由厕身宇宙之中的"觉"而直觉地"悟"，到和宇宙融为一体，这便是天地境界。柏拉图在《理想国》一书中也曾说，哲学家必须从感觉世界的"洞穴"里上升到"智性的世界"。换言之，寻常人在蒙昧状态（佛家称之为"无明"）中做事，圣人则是在完全自觉（觉而又悟）的状态中做事，在智性世界中生活。于是他超越于人世间……在这样的境界里，最高的成就是和宇宙合一，在这种和宇宙的融合中，他也超越了智性，进入"圣域"。而我们所参之艺术至境，不就是天人合一之"圣域"吗！就此方面说，哲学又有大用。

让我们来看一篇《庄子·山木》篇里的小故事吧！

"庄子行于山中，见大木，枝叶盛茂，伐木者止其旁而不取也。问其故，曰：'无所可用。'庄子曰：'此木以不材得终其天年。'

"夫子出于山，舍于故人之家。故人喜，命竖子杀雁而烹之。竖子请曰：'其一能鸣，其一不能鸣，请奚杀？'主人曰：'杀不能鸣者。'

"明日，弟子问于庄子曰：'昨日山中之木，以不材得终其天年；今主人之雁，以不材死。先生将何处？'

"庄子笑曰：'周将处乎材与不材之间。材与不材之间，似之而非也，故未免乎累。若夫乘道德而浮游则不然。无誉无訾，一龙一蛇，与时俱化，而无肯专为。一上一下，以和为量，浮游乎万物之祖。'"

由此，形而上之学非"木"非"雁"！

形而上之学就是那"无肯专为"的"道德"！

注释

【注一】［美］马克斯·莫尔（Max More）.《超越主义者原理——超人类主义宣言》［M］.

【注二】［美］马克斯·莫尔（Max More）.《超越主义者原理——超人类主义宣言》［M］.

【注三】尼采.《悲剧的诞生》［M］.：207.

【注四】黑格尔.《美学》　［M］.第二卷.北京：商务印书馆，1979：87.

我思故我在

第一节　存在的就是合理的

万物之理乃太极

理是什么？是宇宙心的创造还是人心的臆造？这个形而上学的中心问题，人类认识论的中心问题，也是柏拉图学派的实在论和康德学派的观念论历来争辩的中心问题……围绕它，人类思想史展开了它绚丽的画卷，艺术也借此挥写出了它浓墨重彩的一笔。

《诗》说："天生蒸民，有物有则。"程伊川说："有物必有则，一物须有一理。"程颐说："百理俱在平铺放着，几时道尧尽君道，添得些君道多；舜尽子道，添得些子道多？元来依旧。"^{注一}理"冲漠无朕，万象森然"。朱熹［图3］秉程子衣钵，认为理是客观存在着的，具有超然性。现实世界中有没有它的具体实例，和人们是否知道它们无关。这个理对应于苏格拉底提出的理念。朱子说："事事物物皆有个极，是道理极致。"，"总天地万物之理，便是太极。"^{注二}于是我们知道某理就是"极"，又知极有两层含义，一是标准。如《洪范》"惟皇作极"，及从前庙堂颂圣，所谓"建中立极"，就是用极

图三：朱熹

之标准之义。一是极限。郭象说："物各有性，性各有极。"^{注三}这里极是极限的意思。但是每理对于其依照的事物，无论就极的任何一义来说，皆是其极。于是所有众理之全，即是所有众极之全，总括众极，称之为太极。

太极一名，最早出现在《易·系辞》中。《易·系辞》说："易有太极"。后来周濂溪《太极图》中也说"无极而太极"。《易·系辞》中的"易有太极"一段和周濂溪的《太极图》成为后来中国哲学中的宇宙论纲领。但《易·系辞》及周濂溪所谓太极，与朱子及本书所谓太极，并不相同。

说到太极，还不得不提到朱子的"人人有一太极，物物有一太极"。^{注四}法藏《金师子论》持论"一一毛中，皆有无边师子；又复一一毛带此无边师子，还入一毛中"。郭象也说："人之生也，形虽七尺，而五常必具。故虽区区之身，乃举天地以奉之。故天地万物，凡所有者，不可一日而相无也。一物不具，则生者无由而生；一理不至，则天年无缘得终。"^{注五}此恐为"有一太极"之滥觞。此说是否可以成立，朱子与我辈可谓各有见地。朱熹说："本只是一太极，而万物各有禀受，又自各全具一太极尔。如月在天，只一而已；及散在江湖，则随处可见，不可谓月已分也。"^{注六}然我们知太极即为众理，例如方，方循四隅之理，如"物物有一太极"，那请问：圆循方何理？如果圆中有一太极，亦即是圆中须得有四隅之理才行。可是圆显然没有四隅的！

我们说理、太极，是否是在玩玄虚的文字游戏？形而上之太极对于艺术有何关系？对于艺术创作而言，这是一个务实的问题。《易·系辞》说："形而上者谓之道，形而下者谓之器。"所谓形上形下，相当于西洋哲学中所谓抽象、具体。上文所说的理是形而上者，是抽象的；其实际的例子是形而下者，是具体的。我们的知识，始于感觉。而感觉之对象，事事物物，皆是形而下者。我们对于感觉之事事物物，加以理智的分析，因而知悉形而上之理。对于事物之分析，可以说是"格物"。由对事物的分析，而知形上，可以说是"致知"。格物而得以致知，此是对自然世界而言。然在艺术的世界里，致知之后是能造物的，而所造之物更能是自然中无稽之物。譬如一桌一椅，在自然世界之理中其承载面必不能为尖为球，盖因尖、球有悖其承载之功能之理；然在艺术的世界里，我们就可以知理而反理，违背自然世界物的尖桌、球椅在艺术世界中得以实现。

朱子说：理是"生物之本"，"气是生物之具"，"人物之生，必禀此理，然后有性；必禀此气，然后有形"[注七]。气之于我们，早已不是一个陌生概念，我们说及一类事物之所以然的道理时，我们只说及此类事物之所以为此类事物的原因，而不曾触及更深层的何以有此类事物的存在之理。如此说来，一具体的物必有两所依，一是其所依照，一是其所依据，其所依照是理，其所依据是气。例如我们说及方的物之所以方之理时，我们只说及方的物之所以是方，而未说及何以有方的物之存在。而"理无情意，无计度，无造作。""理是个洁净空阔的世界，无形迹，它却不会造作。"[注八]再进一步说，理不但是无能，而且说不上无能，不但"无形迹，不会造作"，而且说不上"无形迹，不会造作"。所谓说不上者，即理并不是可以有能而事实上无能，可以有形迹而事实上无形迹，可以会造作而事实上不曾造作，而是本来说不上这些的。因恐有人误以为理有能，所以我们说它是无能。既说理是无能，我们又须说理是无所谓有能或无能，有能或无能，对于它都是不可说的。然实际的事物毕竟是实际的存在之物也。我们已知，凡实际的存在物皆有两所依，即其所依照和所依据。换言之，实际的存在物，皆有其两方面，即其"是什么"，及其所依据以存在，即所依据以成为实际的"是什么"者。例如一圆的物有两方面，一方面是其"是圆"，一方面是其所依据以存在，即其所依据以成为实际的圆者。其"是什么"，即此物有此类之要素，即性，其所以存即此物存在之基础。其"是什么"靠其所依照之理；其所依据以存在，即实现其理之料。

宇宙所有实际的事物，虽各不相同，然我们的思，若对之加以分析，则见其皆有此两方面。所谓料，有绝对相对之分。相对的料即仍有上述之两方面者。绝对的料，即只有上述之一方面，即只可为料者。例如，一房屋，有其所以为房屋者，此即其房屋性，其是房屋之要素。此房屋又有其所依据以存在之基础如砖瓦等。然砖瓦虽对于房屋为料，而其本身仍有上述之两方面，砖及瓦有砖性及瓦性；又有其料，如泥土等。故砖瓦虽对于房屋为料，然只是相对的料，而非绝对的料。泥土虽对于砖瓦为料，然仍是相对的料，而非绝对的料，因泥土仍有上述之两方面。

我们在前面说，哲学开始于分析实际的事物。此分析是完全在思中行也。今试随便取一物，用思将其所有之性，一一分析，又试用思将其所有之性，一一抽去。其所余不能抽去者，即其绝对的料。例如，一房屋，将其房屋性抽去，则此房屋即不成其为房屋，只是一堆砖瓦。复自砖及瓦，将其砖性及瓦性抽去，则砖瓦即不成其为砖瓦，只是一堆泥土。自泥土中复可抽去其泥土性。如此逐次抽去，抽至无可再抽，即得绝对的料矣。

此所谓料，我们称之曰气；此所谓绝对的料，我们称之曰真元之气，有时亦简称曰气。

在东方的系统中，气完全是一逻辑的观念，其所指既不是理，亦不是一种实际的事物。一种实际的事物，是我们所谓气依照理而成者。主张所谓理气说者，其所说气，应该是如此。但在中国哲学史中，以往主理气说者，对于这些未能有如此清楚的见解。在张横渠哲学中，气完全是一科学的观念，其所说气，如其有之，是一种实际的物。此点我们于下另有详论。程朱所谓气，亦不似一完全逻辑的观念。如程朱常说及清气、浊气等。照我的理解，气之有清浊可说者，即不是气，而是气之依照清之理或浊之理者。究竟程朱说及清气浊气时，他们是说气，或是说气之得清之理或浊之理者，他们均未说明。至于气之名之必须作为私名来看待，程朱更似均未看到。

伊川有所谓真元之气。他认为形下的事物的成毁，在于气的聚散。已散的气，已散即归无有。其再聚的气，乃新生者。新生之气，生于真元之气。伊川说："真元之气，气之所由生。"^{注九}伊川此说，照我理解，其所谓气，如其有之，确是一种实际的物，并不是我们所谓的气。其所谓真元之气，是何所指，伊川未有说明。不过这个名词，我们是可以借用的。我们说气，普通言语中常说气，中国哲学中亦常说气。其所谓气非我们所谓气，或不完全同于我们所谓气，为避免混乱起见，我们名我们所谓绝对的料为真元之气。我们同时仍须记住，所谓真元之气，亦是其所指者之私名。我们名它为真元之气，并不涵蕴说它有"真元'之性。

朱子实在论的道，是为何意呢！我们于上文有说，所谓真元之气是无极，一切理之全体是太极。无极至太极中间的世界；可名之为无极而太极。换言之，即真元之气，一切理，及由气至理之一切，总而言之，统而言之，我们名之曰道。朱子说："道者，兼体用，该隐费，而言也。"^{注十}隐即所谓微，即所谓形上者，费即所谓显，即所谓形下者。道包括形上及形下，谓兼体用，其范围与所谓大全或宇宙同大。朱子说："惟道无对。"^{注十一}因为它亦是至大无外的，所以无对。

我们于大全、宇宙之外，又立道名，盖因一切事物皆有动静两因素，因立道名，于是我们可以说宇宙是静的道；道是动的宇宙。僧肇所说："旋岚偃岳而常静，江河竞注而不流，野马飘鼓而不动，日月历天而不周。"^{注十二}是就事物静的方面而言。郭象所说："世皆新矣，而自以为故；舟日易矣，而视之若旧，山日更矣，而视之若前；今交一臂而失之，皆在冥中去矣。"^{注十三}是就事物动的方面而言。《易·系辞》说："一阴一阳之谓道。"此道即指阴阳变化之说。所谓一阴一阳，即谓一事物之存在，一时为其阳所统治，一时为其阴所统治。一切事物，均如此变化，此即是道。因此我们所谓道，本是兼形上形下而言。《庄子·齐物论》说："一受其成形，不亡以待尽，与物相刃相靡，其行尽若驰而莫之能止。"

天命之谓性、心统性情

某一类中之事物所必依照于其理者，自其必依照而不可逃者，则谓之命。自其因依照某理而得成为某一类事物者，则谓之性。从性所发之事，程朱名之为情，情即性之已发。从人所有之性或从一个人所有之性所发生之生理的、心理的要求，其反乎人之性者，宋儒名之曰欲。朱子说："欲则水之流而至于滥也。"^{注十四}所谓滥者，即出乎一定的规范也。欲，宋儒亦称为人欲。照宋儒的说法，人之性即人之所以为人者，是天理，其反乎此的生理的心理的各种要求是人欲。如上所说的冲突，即以前道学家所谓"理欲冲突，天人交战"。

命有命令规定之义。某理虽不能决定必有依照之者，但可规定：如果有某事物，则某事物之成为某事物，必须是如何如何。《中庸》说："天命之谓性。"例如，人理即人之所以为人者；牛理即牛之所以为牛者。人性即人之所依照于人之所以为人者，而因以成为人者。牛性即牛之所依照于牛之所以为牛者，而因以成为牛者。

孟子讲性，举人皆有恻隐之心，以证人皆有"仁之端"。"恻隐之性，仁之端也。"但照程朱的说法，仁是性，是未发，恻隐是情，是已发。未发之性不可见，但可于已发之情见之。朱子说："有这性便发出这情。因这情，便见得这性。因今日有这情，便见得有这性。"又说："性才发便是情，情有善恶，性则全善。"[注十五]说恻隐是"仁之端"，只可解释为：于人之情中有恻隐，可以见其性中有仁；不能解释为：仁与恻隐本是一件事，其关系如一树之枝与干之关系。可见孟子所讲之性是形下的，而朱子所讲之性是形上的。

程朱说性，又说义理之性，气质之性，气质或气禀之分别。义理之性，亦称本然之性，或天地之性。事物之所实际的依照于其义理之性者，此即其气质之性。程朱说，"性即理也"，正是就义理之性说。若只论义理之性，而不论气质之性，及气质或气禀，则不能说明实际的事物之所以不完全。所以程朱说："论性不论气不备，论气不论性不明。"例如，房屋必依照房屋之理，即其义理之性，方可成为房屋。房屋于依照其理，其义理之性时，必有实现房屋之理之某种结构；此即其气质或气禀。各个的房屋，虽均有房屋之气禀，但其完全之程度，则可各个不同，所以其实现房屋之理之程度，又各不相同。有实现其八分者，有实现其七分者；此七分或八分，即各个的房屋之所实际的依照于房屋之理者；此即其气质之性。各个的房屋，有此种气禀，有此种气质之性，即能有房屋之功用；此即其才。伊川说："性禀于天，才禀于气。"此天指理说，此气指气质或气禀说。

我们知道没有一事物专依照一理。每一事物皆依照许多理，有许多性，属于许多类。可以这样说，不知依照许多理，有许多性，属许多类。每一事物所依照之理，所有之性，所属之类，皆各不相同。所以每一事物只是每一事物，而不是其他，此即所谓个体也。张横渠说："造化所成，无一物相肖者。"注十六即是从此观点说。而从类之观点看，每一事物皆有与他事物相同处，《墨经》所谓"有以同"，即谓此。每一事物，从其所属于之任何一类之观点看，其所以属于此类之性，是其正性，其正性所含蕴之性，是其辅性，与其正性或辅性无干之性，是其无干性。例如人，从其所属于之人之类之观点看，则有人之性，有人所有之性，有一个人所有之性。人之性是人之理。孟子说："人之所以异于禽兽者几希。"即是就人之性说。此人之性是"人之所以异于禽兽者"，亦即人之所以为人者。所以从人之类之观点看，此是人之正性。人不仅是人，而且是物，是生物，是动物。所以凡是一般物，一般生物，一般动物，所同有之性，人亦有之。有人之性即有动物之性，但有动物之性，不必有人之性。此人之性所含蕴之诸性，即是之人辅性。至于就一个人之个体说，一个人又可有许多其自己特有之性。例如一个人是高的，即有高之性，入高的物之类。他又是白的，即有白之性，可入白的物之类。他又是肥的，即有肥之性，入肥的物之类。如此分析，一人可有不知许多的性，可入不知许多的类。但此诸性，皆与人之所以为人者无干；此诸性，从人之类之观点看，即是人之无干性。

说到心，即是说到了实在论者和观念论者争讨的核心议题了。王阳明［图4］说"心即是理"，此说之心显然包括宇宙心和宇宙的心。宇宙的心是个逻辑概念，宇宙心是有心之实际结构者。心即是理，显然是说宇宙万物皆有心，朱子云"天下之物，至细至微者，

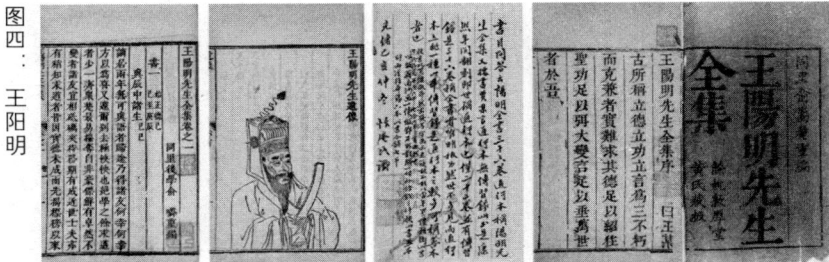

图四：王阳明

亦皆有心，只是无知觉处耳。且如一草一木，向阳处便生，向阴处便憔悴，它有个好恶在里。"注十七然此似与我们的知识相悖，花草树木何来心之有之。何来心之结构。人之心有心之结构能思索，动物之心有心之结构具喜怒哀乐。然一切事物均有成、盛、衰、毁四个阶段，宇宙既是一概念之宇宙亦是一动的宇宙，有其动的结构，世间一切实际事物皆是"有内（至大无外，至小无内）"之物，有内即有结构。所以，花草树木山川河流，俱有其动的结构。于是我们可以说：心即是动的结构。如此，世间一切物皆有心之。

张横渠说："心统性情。"此言朱子以为"说得最好"。朱子说："伊川'性即理也'；横渠'心统性情'；二句颠扑不破。"注十八程朱一派所谓情，指性之已发。朱子说："性是未动，情是已动，心包已动未动。"注十九又说："心统性情。故言心之体用；尝跨过两头未发已发处说。"注二十心包括已发未发说，此之谓心统性情。

势亦是与理相对者，我们常说"势所必至"，又说"理有固然"。有某理则某种事物可实际的有或不必有。如某种事物能为实际的有，则必先有某种的势。一种事物之实际的有，所需要之一种势，与一事物之实际的有所需要之阳，有何不同？大概言之，我们说阳，是就一件事物的有说。我们说势，是就一类事物之实际的有说。凡某理发现之时，即某种事物可实际的有之某种势已成之时。例如，有计算机之理，即可有实际的计算机，但实际的计算机，直至最近始有。今人所以能制计算机者，盖因今人可靠我们现在所有关于物理、数学等方面之知识，可用运算之芯片，可用金属等材料。此等各方面的事物之联合，即成一种势；在此种势下，人即可发现计算机之理，而依照之以制造计算机。就真际方面说，计算机之理是本然有的。但就实际方面说，若无可以制造计算机之某种势，则人不但不能制造计算机，并且不能发现计算机之理。

我们常说"大势所趋"，又常说"大势已去"。前者谓其方来，后者谓其已去。郭象说："揖让之于用师，直是时异耳，未有胜负于其间也。"（《〈庄子·天地〉注》）尧舜揖让，汤武征诛，是两种事。此两种事之有，俱因于其时之某种状况，其时之某种势。一时有一时之势，简言之，曰时势。《易传》说"与时偕行"。在某种势下，某甲或某乙，如其继续存在，必变为某种事物，讲演化论者说："适者生存。"所谓适者，适于其所遇之某种势也。我们所见之生存者，俱系适者。黑格尔说：凡存在者都是合理的。若照我们所说的理的意义，我们可以说：凡存在者都是合理的，而且又都是合势的。如若只合理而不合势，那他断然是不能存在的。

第二节　实际与真际及其谬际

实际的事物含蕴实际，实际含蕴真际。这里的所谓含蕴，即"如果——则"的关系。有实际的事物必有实际，有实际必有真际。但有实际不必有某一实际的事物，有真际不必有实际。宋儒所谓"由著知微"，说的就是这个道理。

荀子说："万物虽众，有时而欲遍举之，故谓之物；物也者，大共名也。"[注二十一]《墨经》分名为达、类、私三种，达名即大共名。《经说》所谓："有实也必待之名也。"[注二十二]《墨经》亦以物为大共名。物，就其字的广义而言，不仅指普通所谓东西。郭象说："有之为物。"《老子》说："道之为物。"《易·系辞》说："乾，阳物也；坤，阴物也。"道及阴阳均可叫作物。我们可用它指称一切的有。不过本书中于别处所谓物，都使用的是其字之狭义，即专指普通所谓东西。以上所说真际、有及广义的物，均是一大共类，亦即均是一类。公孙龙说："使天下无物指，谁径谓非指？天下无物，谁径谓指？天下有指无物指，谁径谓非指，径谓无物非指？"[注二十三]现在对于真际，我们就可以既从类的观点来看，也从全的观点来看了。

如果从类的观点来看，依照本书对于真际的表述，那么凡是有都属于真际。有的意思就是全部，有这个观念是道家所经常使用的。不过道家的有还不是指一切的有，但我们不妨用来指称一切的有。无也是道家所常用的观念，不过先秦道家，如《老》《庄》，所说的无，系指其所谓道。按他们的话，一件一件的实际的事物是有；"道"不是一件一件的实际事物，所以称为无。这个无，只是区别于他们的有的，并不是真正的无。于是从类的方面说，我们可以说，无之类是所有的空类之类。不过所谓无之类是一负观念之类，犹如凡不方的物可以入于不方之类，但不方之类是一负观念之类，并无与之相应之理。而物亦是一大共类。

上文说真际，可从类之观点看，亦可从全之观点看。所谓从全之观点看者，即我们将真际看作所谓全或大全。我们将一切凡可称之为有者，作为一个整体来思考，即得西洋哲学中所谓宇宙的观念。在中国哲学中有时亦以天地对应此观念。如郭象说："天地者，万物之总名也"[注二十四]，"万物"亦可用以指此大全之观念，如孟子说"万物皆备于我矣"[注二十五]，此万物即是说一切物。有时为清楚起见，我们亦常用"天地万物"以指此大全之观念。惠施所谓大一，亦是指此观念的很好名词。惠施说："至大无外，谓之大一；至小无内，谓之小一。"[注二十六]所谓大全或宇宙，正是至大无外者。如其有外，则其外必仍有所有，而此所谓整个即非整个，此所谓大全即非大全。大一、小一是两个纯粹哲学的观念，因为它完全是逻辑的。严格地说，大全，宇宙，或大一，亦是不可思议的。其理由也是不可言说的。

我们既知真际，可解实际，亦可由真际而造谬际。所谓谬际乃实际之反也，它潜藏于实际之后，同为真际。然谬际断不可为自然世界之存在，因其是实际之反亦即自然世界之反，故其只能在艺术的世界里栖身。譬如王维的雪地芭蕉，上文的尖桌、圆椅。身在艺术世界的我们皆知"艺术源于生活，高于生活"之理，由此可知，艺术是对实际的升华，谬际的直视。然柏拉图［图5］有言：世界是对理念的模仿，艺术是对世界的模仿，是模仿的模仿，故将艺术排除在哲学之外。事实果如其是吗？当你对柏拉图时代的艺术有过一番考察之后，你会发现，艺术并非如柏拉图所言之那样是对现实的模仿，直是对现实的升华。比例的和谐，形的完美是那个时代艺术的共有特征，我们不得不承认毕达哥拉斯［图6］的数的和谐对

图六：毕达哥拉斯

图五：柏拉图

那个时代产生了深远的影响（柏拉图本人也是毕达哥拉斯哲学的继承者），当然还有历代艺术家的艺术实践的传承。毕加索曾经和纪洛有过一段私人谈话"为什么柏拉图要把诗人逐出理想国？就是因为诗人，或者艺术家都是反社会的成员。他也并非有意要如此；他只是不能不如此。当然啦，从国家的立场出发，国家有权把他驱逐出去。而如果他是一个真艺术家，那么在他的本性中，他就不想被人所接受，因为他要是被接受，那就表示他在制作一些要讨人了解，赞许的滥调，也就是说没有一点价值的东西。任何新的，值得做的东西都不会被认识的。大众不会有这样的见地。……只有俄国人才会这样天真地认为一个艺术家可以安安妥妥地适应在一个社会里，他们并不懂什么叫作艺术家。一个国家有真艺术家，有别具慧眼的奇才又有什么用？伦波（法国近代大诗人）这样的诗人在俄国出现是不可思议的；玛雅可夫斯基（苏联革命诗人）自杀了。在创造者和国家之间有必然不可避免的对立。"^{注二十七}

我相信柏拉图所谓模仿的模仿既是外行人说的外行话也是其对艺术家的蓄意谋害，艺术才是更接近于理念世界的，艺术当然需要重归它本有的神位，在哲学之内有其一席之地，据此艺术本该名为"艺术哲学"。

我们知真际是理念，是形而上之道，是太极，是上帝，是神灵，那么艺术就是心灵通往神灵的一座桥，谢林说：艺术是超越主体与客体、理论与践的同一，是宇宙终极者上帝呈现在人类历史中的伟大奇迹，概言之，艺术是一种神迹。当审美直觉作为参与性的力量在宇宙中发挥作用时，艺术随即被认为是启示性的^{注二十八}。

此乃中的之言。

第三节　艺术——道近乎技矣

如果站在纽约现代美术馆（MOMA）莫奈（Claude Monet）庞大的《荷花》[图7]面前，你就可以理解什么叫作"道近乎技矣"。这一幅巨画在博物馆特制的房间里，近看一团模糊，站远就看到东西的形状，再远，一切就清楚了。

这幅十米开外才能得晓"荷与水"真容的巨作是怎样完成的？莫奈若是巨人，站在十米开外，使十米长巨笔如我们二三十厘米的普通笔，就另当别论了。可我们都知道莫奈就是身高普普通通的常人，他作画的时候离画是很近的。所以，实际上他在画出每一笔的时候，已经知道站在远处看这幅巨画是什么感觉，会显现出什么形状。这种"知"就是我们所谓近道的"技"的智慧。技巧本身的智慧是通过常年练习而到达的特殊"觉知"，因为技术纯熟的同时，自己艺术的智慧也会被开启。技巧的智慧在于做局部的时候，能意识到部分与作品完整面貌的关系。真正成功的艺术家在从事任何片段工作时，他的心灵能够随时关照整体，所谓"游刃有余"是也。

创造"游刃有余"奇迹的庖丁，面对文慧君"嘻，善哉！技盖至此乎？"的盛赞，平静对曰："臣之所好者道也，进乎技矣。""以

图七：纽约现代美术馆 MOMA 莫奈《荷花》

无厚入有间，恢恢乎其于游刃必有余地矣。"（《庄子·养生主》）

技巧的智慧一旦"游刃有余"，莫奈就能自信地画出庞大的荷花；服装设计师香奈儿（Coco Chanel）在巴黎帮人定做衣服时，便就凭目测而能获悉客人身体的各种准确数据。

哲学在古人的称谓里叫"道""技"就是今天所谓的艺术，旧说论艺术之高者谓其技进乎道，技可进于道。这种说法看来是有其历史根据的。

我们在上文里面讲到，理是可思而不可感的。实际的事物，是可感、可觉的。但艺术能以它的魅力，让人由对艺术可感形象的欣赏，使人进入亦真亦幻的精神思量，进而进入精神畅游的太虚幻境。艺术至此，即所谓技也而进乎道矣。进于道的艺术，不表示一事物之个体之特点，而表示一事物所以属于某类之某性之特点。例如，善画马者，其所画之马，并非表示某一马所有之特点，而乃表示马之神骏之性。杜甫《丹青引》谓曹霸画马："一洗万古凡马。"凡马是实际的马，而善画马者所画之马，乃所以表之神骏之性者，所以其马不是凡马。不过马之神骏之性，在画家作品上，必借一马以表示之。此一马是个体；而其所表示者，则非此个体，而是其所以属于某类之某性，使观者见此个体的马，即觉马之神骏之性，而起一种与之相应之情，并仿佛觉此神骏之性之所以为神骏者，此即所谓借可觉者以表示不可觉者。

哲学家与艺术家，对于事物之态度，俱是旁观的、超然的。哲学家对于事物，以超然的态度分析，艺术家对于事物，以超然的态度赏玩。一诗人可作一诗，以表示其自己之怨情，但他作此诗时，必将其自己暂置于旁观者之地位，以赏玩此情。否则他只有痛哭流涕之不暇，又何能作诗？艺术家不能离开其自己之经验，但可暂时将其自己置于旁观者之地位，犹如哲学家不能离开宇宙，但其说宇宙时，必须暂视其自己如在宇宙外。

　　无论在何方面之才人，若见本然办法，本然命题，本然样子，或其仿佛，而将其成为实际的，此等工作我们称之为创作。在有些种类的艺术中，有些作品可以俄顷即成，但在别方面之创作则不同。例如一哲学家著作一书，可经数年或数十年之久，例如王阳明在龙场居夷处困，一夕忽悟"致良知"之旨，于是豁然贯通。此夕之悟，即是有见于一种本然哲学系统。此夕之悟，即是创作。所以有才的人，无论其为何方面的才人，在创作时所具有的心理状态。我们可以称此心理状态为创作心理。亦可以说是一种精神境界。才人之在此境界中者，仿佛感觉已经超过经验，超过其自己。在此境界中者，虽仍是其自己而已超过其自己，在此境界中，虽亦是一种经验，但已超过普通日常所有之经验。此种精神境界，在所谓圣域中有之。才人只于其创作之俄顷，能至此境界。达到超乎经验，超乎自己之境界，而又自知其达到此境界，则即可享受此境界。达到此境界而又能享受之，乃人在宇宙间所特有之权利。就此方面说，人可以说是"万物之灵"。

　　我们的心，即宇宙的心。此不过是一逻辑的说法。但已入圣域之人，既超乎自己，而觉天地万物与其超乎自己之自己，均为一体，则对于他，他的心"即"宇宙的心。此宇宙的心，即他的心，也可用另一种意义，说："我心即天心。"如此说时，他即可以说，他是"为天地立心"。此刻，他之艺术即也是"道近乎技矣"！

注释

【注一】《遗书》中二先生语。

【注二】《语类》卷九十四。

【注三】《〈庄子·逍遥游〉注》。

【注四】《语类》卷九十四。

【注五】《〈庄子·大宗师〉注》。

【注六】《语类》卷九十四。

【注七】《答黄道夫书》，《文集》卷五十八。

【注八】《语类》卷一。

【注九】《遗书》卷一五。

【注十】《语类》卷六。

【注十一】《语录》。

【注十二】《物不迁论》。

【注十三】《〈庄子·大宗师〉注》。

【注十四】《语类》卷五。

【注十五】《语类》卷五。

【注十六】《正蒙·太和》。

【注十七】《语类》卷四。

【注十八】《语类》卷五。

【注十九】《语类》卷五。

【注二十】《语类》卷五。

【注二十一】《正名》。

【注二十二】《经说》上。

【注二十三】《公孙龙子，指物论》。

【注二十四】《（庄子·逍遥游）注》。

【注二十五】《孟子，尽心上》。

【注二十六】《庄子，天下》。

【注二十七】熊秉明.《熊秉明美术随笔》［M］.北京：人民文学出版社，2008：128.

【注二十八】［美］保罗，蒂利希.《基督教思想史》［M］.尹大贻译.北京：东方出版社，2008：335.

中篇　艺术精神

『反者道之动也』，

对传统的反叛乃是最高的传统，

每一次反叛都是一次升华，所谓『笔墨当随时代』也！

艺术的地位——命运多厄

  自古以来，绘画和雕塑一直作为一种手工技艺，在各门学科中地位很低。它们被称为"奴隶艺术""肮脏艺术""机械艺术"，地位低于"自由艺术"。《柏拉图对话录》中，苏格拉底借以界定"美"的概念的帕提侬神庙［图8］的雅典娜神像的创作者，帕提侬神庙的总设计师和监督人——菲迪亚斯［图9］仅被其称之为"出色的手艺人"。况乎，那些创造灿若星宇的众多雕塑的普通手艺人，他们的名字也就湮没在历史的洪流中，了无痕迹。

  即便在遥远的东方国度——中国，与奴隶制社会的古希腊大致对应的夏、商、周三代时期，也有辉煌的绝不逊于古希腊雕塑的器物雕塑和动物雕塑，可青史留名者绝无仅有。在这里，他们仅是"皂隶百工"而已！

  中世纪时，诗和音乐属于"自由艺术"，而绘画和雕塑仍被视为"机械艺术"。这种长期延续下来的看法直到文艺复兴早期仍未改变。丢勒［图10］在《荷兰旅行日记》（1521）中记述了他观看安特卫普一次大规模宗教游行时见到的游行队列。每一个行业和行会都有自己的标志，"其中有首饰匠、画家、丝线刺绣工、雕塑家、细木

图九：菲迪亚斯

图八：帕提侬神庙

工、粗木工、船主、渔民、肉贩、皮革工人、制呢工人、面包师、裁缝、皮靴匠，既有各种手艺人，也有某些工人，也有卖食品的商贩，甚至还有小店老板和商人及其各种助手。在他们的后面走的是火枪手、弓箭手、自动枪手、骑兵和步兵。接着走的是一大群官老爷，其后是一整队知名人士，服饰豪华富丽"……由此可知，在16世纪初的荷兰，画家和雕塑家仍排在手艺人之列。

但是，文艺复兴时期画家中的一些人已经不再是传统的手艺人，而是多才多艺和学识渊博的艺术家，他们不仅是大画家、大雕塑家，而且也是大科学家。他们是先进文化的代表者，尤其达·芬奇、丢勒等都是文艺复兴时代的"巨人"。他们当然无法容忍这种状况再继续下去了。

早期为绘画作辩护的有画家琴尼尼［图11］，他说："绘画应该拥有被放在第二位的权利，放在科学之后。绘画应该拥有被加上诗学桂冠的权利。"当时各学科的地位，科学居首位，诗学第二位。把绘画放在第二位，就是与诗学同样的地位。阿尔贝蒂也呼吁："要提高绘画艺术的地位，要使这种艺术从手艺低下地位上升到该时代思想的保护者和代表者的地位。"

到了文艺复兴盛期，达·芬奇以其渊博的学识和雄辩的才华，为提高绘画地位进行辩护。他通过诗歌与绘画、绘画与音乐和绘画与雕塑的比较，从多方面论证绘画绝不是"机械艺术"，而是"最有用的一门科学"。达·芬奇把绘画称为一门科学，是因为科学的地位最高，如果绘画能跻身于科学之列，就能彻底改变绘画地位低下的

图十一：琴尼尼

图十：丢勒

状况。同时，因为当时的画家率先研究将透视、解剖和光影等科学运用于绘画，这样，绘画本身包含着许多科学因素，故称绘画是一门科学不是没有道理的。达·芬奇称绘画是一门科学，并不意味着他无视绘画与科学的区别而把两者完全等同。他指出了两者的本质区别：绘画"再现自然的作品和世界的美"，而科学"不关心自然创造物的美和世界的和谐"。

绘画地位的提高，不仅要有自己的辩护士，来提高人们对绘画的认识，更重要的是绘画本身要从手工技艺提高到代表时代思想的一门艺术。而要实现这一目标，最根本的是画家要从手艺人提高为真正的艺术家，丢勒称之为"艺术的画家"。中世纪以来，画家的培养方式一直是把孩子送到作坊的师傅那里学习。罗马佐说："一个画家必须掌握各种科学和各种艺术的知识。由此我们不难理解，为什么我们这个不幸的时代的一些画家会遭到指责。他们不仅没有上述的科学知识，而且甚至目不识丁，并为贫困所迫可又偏偏以养家糊口为目的而从事绘画职业，他们什么也不做，什么也不学，只是日复一日地在墙壁上、在寺院里、在木板上胡涂乱抹，亵渎如此高尚的绘画艺术，当明白人看到他们的作品时，怎么能不愤怒填胸，纷纷斥责呢？"由此可知，绘画地位低下的根本原因在于画家的素质太低，没有文化，缺少知识，只是为了养家糊口而从事绘画。因而要提高绘画的地位，必须首先提高画家的素质，把手艺人的画家提高为艺术的画家，即作为一个艺术家的画家。

传统的作坊式的艺术教育，已经不能适应文艺复兴时期建立的新的绘画艺术的需要，因而受到了质疑和批评。学院式的艺术教育方式产生于复兴时期的意大利，正是适应了新时代的需要。学院式艺术教育与作坊式师徒传授的不同，它不仅改变了单纯的经验传授和手艺训练，而且把艺术家所必须掌握的各种科学知识和艺术知识，作为学院教育的重要内容，努力提高画家的文化知识素养。

米开朗基罗说："在意大利，所谓伟大的王公并不受尊敬或有声誉，他们称为神圣的乃是画家。"但是，他又说："我既不是画家，也不是一个雕刻家，像一个商店老板，我服侍过三个教皇，而且不得不如此。"由此可知，在文艺复兴盛期，画家已经受到很大的尊敬，同时他们还不可能摆脱贵族和教会的权力控制和经济支持而自由创作。即使像米开朗基罗那样杰出的艺术家也是如此。达·芬奇在晚年由于国内动乱失去了保护人和经济支持，不得不离开意大利而投奔法国宫廷，直到逝世。威尼斯画家委罗内塞（Paolo Veronese，1528-1588）因所作《最后的晚餐》一画受到宗教法庭的指控。委罗内塞在宗教法庭上为争取画家有诗人同样的自由所作的申辩，成了艺术史上为摆脱宗教束缚，争取创作自由的一篇重要宣言。

欧洲的艺术自由了！欧洲的艺术家们获得了与诗人、哲学家一样的尊宠！

教皇乌尔班八世说："贝尔尼尼为罗马而建筑，罗马因贝尔尼尼（Giovanni Lorenzo Bernini，1598-1680，17世纪意大利雕刻家、建筑设计家、戏剧家和画家）而扬名。"德国国王路德维希说："国王太多了，但波特尔·托尔瓦德森（Thorwaldsen，Bertel 1770-1844，丹麦雕塑大师）只有一个。"

从此，一部西方艺术史就同时也是一部艺术家的生平史。

历史的真实何其的相似，从奴隶社会的古希腊、中国夏商周；封建社会的中世纪、秦汉唐宋元明清，雕塑者要想成为自由创作的艺术家，那真是天真的幻想。面对先我一步到来的西方资本主义社会和它几百年的积淀发展，我们已经奋起直追了，今天的中国不已成了世界第二大经济体了吗！并且，我们还在赶超式发展。面对西方雕塑家的早我们几百年获得社会的尊崇，我们亦不必永远悲痛，毕竟，辉煌的雕塑艺术存在是抹杀不掉的。让我们在畅想雕塑艺术家未来辉煌道路之前也来回顾一下中国雕塑家既有的辉煌吧！

戴逵 ［图12］（约326-396）字安道，戴颙（378-441）字仲若，谯郡锤（今安徽宿县）人。他们的事迹见于晚唐张彦远的《历代名画记》。张彦远认为，戴逵之前，即从汉至晋明帝之前的画（塑）佛像者，皆"未尽其妙"，其原因在于中国人塑造的佛像几乎都是"梵相"，没有形成与本民族的审美和欣赏习惯相吻合的佛像风格。戴逵和戴颙的贡献在于，创立了不同于天竺"梵相"的式样，并成为佛像造像学的"楷模"，直接影响和成就了绘画中的佛教造型，北齐曹仲达，梁朝张僧繇，唐朝吴道子、周昉四种不同佛像式样都是在戴氏父子造像基础上经过损益而形成的。北宋文人画家米芾写的《画史》也说："自汉始有佛，至逵始大备也。"戴氏父子的佛像式样还为"百工所范。"《历代名画记》写戴逵"聪悟博学，善鼓琴，工书画，……词美书精""善铸佛像及雕刻"。

图十二：戴逵

唐朝雕塑家杨惠之［图13］，也是为数不多的名垂史册的雕塑家之一。杨惠之与吴道子同是开元年间（713-742）的人，两人初为画友并共同师法张僧繇。后因吴道子画名独显，杨惠之自知难敌，便弃画从塑。他因发明"壁塑"而名声大噪。史称邀其做塑壁者络绎不绝，在当时的长安、洛阳及南北的许多地方都有他的作品，"世称奇巧"。杨惠之因此赢得了"塑圣"的称号，其成就似乎可与"画圣"吴道子媲美，人们说："道子画、惠之塑，夺得僧繇神笔路。"注一（元）虞集：《道园学古录》卷四十九：《断崖和尚塔铭》记载：元代统治者对宗教的态度最为热情，雕塑家在这个特殊时代受到了空前的礼遇。"皇元混一海内，崇尚象教，度越前代"。朝廷中设立了"将作院""诸色人匠总管府""祗应司""诸路金玉人匠总管府"等管理画塑工匠及工料的专门机构。还特设专管宗教造像的"提举司"。一些雕塑艺匠，包括国外的艺匠如阿尼哥、阿僧哥等受雇于这些部门，甚至被委以"总管"等职，获得了以往各代雕塑家几无所想的信任和地位。

在文献记载中，阿尼哥［图14］（1243-1316）这位外籍雕塑家可能是中国历史上最得皇帝宠信的雕塑艺匠了。阿尼哥是泥婆罗国（今尼泊尔）人，年仅17岁时（中统元年，1260），奉泥婆罗国国王之命，率80余名工匠来吐蕃（今西藏）造黄金浮屠塔。一年后，塔建成，阿尼哥请求回国。帝师八思巴念其聪敏，便将他挽留，"乃祝受其为弟子"，携其赴京朝见元世祖，始受器重，被委任为元朝诸色匠人总管和梵相提举司总管，专管土木、刻制、绘塑、铸造之工。

图十四：阿尼哥

图十三：杨惠之

阿尼哥任该职约40年，亲自规划主持了许多大型宗教雕塑的制作。遍布各地的藏传佛教塑绘形象，大都采用阿尼哥从尼泊尔带来的"梵相"式样。

不仅阿尼哥被重用，其子弟、门徒也颇有身份。刘元是阿尼哥门徒中最为出色、官阶最高的一位雕塑名手。刘元初为道士，活跃于13世纪后期，以道教造像闻名。"至元中，凡两都名刹、塑土、范金、搏换为佛像，出元手者，神思妙合，天下称之。"[注二]刘元受到元世祖、仁宗的赏识，官至昭文馆大学士、正奉大夫、秘书卿。这是文献记载的汉族雕塑家获得的最高官位了。据文献记载，出自刘元之手的道教造像，有长春宫东岳庙帝君及侍臣、侍女像，天庆宫上元帝君及侍从像等。

注释

【注一】（宋）刘道醇：《五代名画补遗》。

【注二】（明）宋濂等：《元史》卷二百三十，《列传》第九十。

第二章

神性抑或人性
——造象到抽象思维

　　历经第二次全欧性的思想运动——启蒙运动后，艺术领域明显出现了观念革新，尤其在浪漫主义思潮的助推下，艺术创造的源泉由"神力"转变为"人力"，经过希伯来精神时期漫漫长夜的千年沉睡，古希腊精神再一次苏醒了。解构主义者布鲁姆于是坦言到，讨论艺术创作的问题，在今天看来，是再平常不过的事情了，但"我们忘记了恰恰就是包含在这一语境的'创造'概念中的隐喻乃是对最初模仿的艺术观的伟大的分离"注一。浪漫主义者对艺术家身份的重新估价是艺术史上值得被记忆的重要事件之一。在表面看来，浪漫主义艺术家扮演的角色似乎并未挣脱柏拉图诗学的窠臼。然而仔细推敲后便会发现，浪漫主义艺术创造的源泉是人力而非神力，艺术家与上帝可以等量齐观；而在柏拉图诗学中，真正的诗人与神之间终有一步之遥。当上帝"无中生有"的创世模式备受质疑之际，艺术家"无中生有"的创造本领却奇迹般地为世人所接纳，且引领了 19 世纪的艺术潮流。"情感""情绪""直觉""想象"在与"理性""规则"的角逐中成功胜出，它们协助艺术家完成创作活动，且完美的艺术杰作被公认为出自"天才"之手。

然无论是浪漫主义之前的模仿（升华），还是之后的创造，其始终在"象"上着力，下功夫，而中国艺术是直入心"意"的，始终荡漾在心灵的波澜里。

若问造象思维与写意思维的区别在哪里，一言以蔽之：一也。此一即道也，然道不可言，故所言"一也"。写意思维以笔法为一，以结构为一，以章法为一，以意象为一，以心灵为一，以天地人为一，众一合一。对此，石涛有"一画论"精辟论述。在技术的层面上分析，此"一"是通过书法来锤炼的，又以中国哲学为滋养。

西方浪漫主义之后的艺术仿若造意，实为造象，造象与造意始终隔着"一"的鸿沟，迈过此渊，造象者亦能造意。

中国写意雕塑之"一"在何方？庖丁谓之"道近乎技"，写意雕塑其技行之以疏密、虚实，观之以气（天健之气、纵横之气、消弭之气、混沌孕生之气、婀娜之气……）

第一节　艺术模仿与镜子说

在启蒙时代来临前，"镜子"这一意象在西方认识论传统中具有里程碑式的意义。在不同历史时期，它分别标志着与人类心灵有关的两条截然不同的理论路线。一种观点仅将心灵视为外部世界的被动知觉者，人类一切思维活动均被认为是照镜子式地映射客观对象的结果，以洛克［图 15］的"白板说"最具代表性；与之相对，另一种观点视柏拉图的"理式论"为其鼻祖，心灵之本质在于对神圣精神存在的折射。以上两种观点虽然都或显或隐地与"镜子"意象有关，但其标榜的艺术倾向却是相互对峙的。一种美学趣味要求艺术活动忠实地模仿社会现实，另一种则强调艺术家对更高存在的心灵感应，创作灵感来源于神圣精神存在的瞬间闪现。

亚里士多德［图 16］在《诗学》中宣称艺术是对生活的模仿，"镜子"意象虽未显现，但心灵感应却被他类比为蜡板雕刻图章和戒指印记的过程，开启了相关问题思考的经验主义传统。18 世纪，约翰·洛克在《人类理解论》中指出心灵犹如一面镜子，能够照搬原样地映射客观事物。当时流行以画喻诗的美学理论，洛克于是将心灵比作一块白板，白板上的印记对应于客观事物给人的印象。他有时又以"暗箱"影射人类心灵，外部景致借助光线穿透小孔投射至暗箱内成为各种图像，指代经验事物在人类思维中的存在状态。洛克在别处另将心比拟为"蜡块"。其创建的心灵比喻原型在 18 世纪风靡一时，极具权威性，成为人类思想史上思考主客关系的重要成果。

经验主义者视人类主体能力为机械被动的，心灵印记来自于对所见之物的反射，是感官记忆累积的总和，霍布斯将其命名为"想象"。霍布斯与洛克虽然承认视觉图像并非事物必然真实的存在样态，但人类感觉仍旧被设想为存在世界的印象。洛克在《人类理解论》中使用"镜子"意象对人类知性做出如下描述，"简单的观念，

图十六：亚里士多德

图十五：约翰·洛克

当向人类思维呈现时，知性不能再拒绝接受，当它们印在人类脑海中时，不能被改变，也无法抹去它们，知性本身无法更新它们，镜子同样不能拒绝、改变或抹杀对象树立的形象或观念，在镜子的确在其中生成它们之前"[注二]。

"理式"在柏拉图思想体系中位居高位，诗人历经双重模仿后完成了艺术创作活动，"镜子"一意象在此过程中被用以说明艺术作品与现实事物及其理式之间的关系。柏拉图对世界等级的划分最终导致其艺术观（或诗论）呈现出显隐结构，即复制生成性世界的艺术是虚伪的，而模仿存在领域的艺术才是柏拉图所推崇的。柏拉图曾以"镜中象"比喻人类心灵，宇宙万物相应有其理式存在，统摄宇宙的至高理念为人类心灵反射的终极对象，整个宇宙于是凝在人类心灵内。柏拉图精神继而被新柏拉图主义者继承发扬，其代表人物普洛提诺由此缔造了"流溢说"，及《九章集》中有关"沉思"的看法。

在新柏拉图主义者的理论探索下，"心灵"升至超验领域，"努斯"是其完善形式，能够洞见"太一"，"太一"之神圣光辉亦可以投射在"努斯"上，"努斯"因此成为艺术创作模仿的源泉。此种艺术趣味是对柏拉图及新柏拉图主义认识论的具体实践。以超验之镜比喻艺术家心灵的传统由此确立，在文艺复兴与浪漫主义时代日渐风行。

较浪漫主义艺术而言，艾布拉姆斯认为文艺复兴更侧重于从形而上学的层面，将个体的内心"理式"与整个宇宙范围内普遍恒定的"理式"相联结，确保了艺术想象的非个性化。存留着神圣原型记忆痕迹的艺术家是两种理式之间的重要媒介，人类理智内蕴的这一印记在本质上是超验的。立足于光学原理，贴切传达上述观念在当时颇为流行，艾布拉姆斯就此概述到"原型美的光线从上帝的外表缓缓流出，而在天使、人的灵魂以及物质世界这三面镜子中反映出来"^{注三}。文艺复兴后，新柏拉图主义不断向"心眼"回复的自省活动逐渐被世俗化的情感所取代，正如艾布拉姆斯所言，"理式已经从其在月球以外的永恒不变的居所转移到了人类情感的混乱环境之中，甚至到了心灵中无意识渊薮的奇异深处"^{注四}。文艺复兴开创的艺术传统在浪漫化过程中呈现出了全新样态，寻觅人类内心世界的神迹成为浪漫主义艺术的重要标志。

回溯遥远的古希腊，哲学家伊奥尼亚人——爱菲斯的赫拉克利特［图17］把古希腊人对艺术的认识表述为"艺术模仿自然"。至此，地中海文化圈传统艺术精神之门开启了，登堂入室者德谟克利特、苏格拉底、柏拉图、亚里士多德、普鲁提诺、阿尔贝蒂、雷诺兹……有之。

赫拉克利特把古希腊人对艺术的认识表述为"艺术模仿自然"，并阐明了绘画如何模仿自然。德谟克利特提出歌唱起源于人对禽兽行为的模仿，据说他曾写作过《论绘画》一篇，可惜早已失传。苏格拉底提出了绘画的再现、理想化和传神理论，为绘画建立起最初的原则。柏拉图第一次从古代泛指各种技艺的"艺术"中划分出模仿的艺术或称为再现对象的艺术，它创造形象而不是创造实物。作

图十七：赫拉克利特

为模仿艺术的绘画是一种制造幻象的艺术；是对自然物的外形的模仿，因而与真理（"理式"）隔得很远。亚里士多德扬弃了柏拉图的客观唯心主义，从技艺中划分出模仿自然的艺术；由于模仿的媒介、对象和方式不同而分为不同的种类；并指出绘画的模仿媒介是颜色，模仿对象是自然事物，模仿方式是形象。

古典时期哲学家关于绘画的论述，为西方画论的建立奠定了哲学基础。古典时期的绘画理论，如同美学理论一样，作为哲学理论的一部分，尚未从哲学中分化独立出来成为一门学科。

自公元前334年马其顿国王亚历山大大帝率军东征，建立起横跨欧、亚、非三大洲的庞大帝国，到公元前1世纪末的三个世纪，称为希腊化时期。这一时期，希腊艺术传播到了东方的广阔地区，同时也受到东方文化的影响，形成了不同地区的多个艺术中心和多样风格。公元前1世纪末，罗马人征服了希腊化时期的各王国，改共和为帝制，取代希腊而成为欧洲的强大帝国。公元395年，罗马帝国分裂为西罗马和东罗马。公元476年，西罗马帝国灭亡，欧洲从奴隶制社会进入了称为中世纪的封建社会。古罗马人酷爱希腊艺术品，掠夺和复制了大量的希腊艺术品，并雇用希腊艺术家制作艺术品。在建筑、雕刻和绘画方面，罗马时期都有新的创造和重要成就。

希腊化——罗马时期继承和发展了古典时期的绘画理论。同古典时期由哲学家讨论绘画不同，希腊化——罗马时期的画论是由学者、艺术家和哲学家共同创造的。其内容更广泛地涉及绘画创作和评论的许多问题，最重要的是提出了艺术创作中的意象和想象理论，丰富和发展了古典时期的模仿理论。

公元前 3 世纪李西普学派的雕塑家色诺克拉底［图 18］被称作"第一个为艺术批评树立了明智准则的人"，他对古代画家的评论广泛地涉及绘画创作的许多问题。罗马共和制末期的建筑师维特鲁威的《建筑十书》共 10 卷 95 节，内容十分广泛，也论及绘画。同时期的哲学家、演说家和作家西塞罗在研究美和艺术问题的著作中，论及许多绘画问题。罗马帝国初期的诗人贺拉斯在他的著作《诗艺》中说了"诗歌就像绘画"后，对诗画关系的讨论产生了重要影响。罗马帝国时期的哲学家、传记作家、演说家和自然科学家普鲁塔克的《希腊罗马名人比较列传》中记述了许多画家的生平。他引述了古希腊诗人西摩尼德斯把诗画作比较的话，并对诗画关系发表了重要的见解。罗马帝国时期的希腊修辞学家琉善的传世著作甚多，其中关于绘画的有《画像谈》《画像辩》《宙克西斯》等多篇。罗马帝国时期的希腊作家老普林尼的大百科全书式的著作《博物志》记述了古代艺术家们的生平，许多早已散失的古代著作也由于该书的记述而得以流传下来。罗马帝国时期号称"雅典人"的希腊作家、批评家菲洛斯特拉托斯在《阿波罗尼阿斯传》中论述了想象在艺术创作中的重要作用，是想象理论的奠基人。他的侄子大菲洛斯特拉托斯的《〈图画集〉序言》和孙子小菲洛斯特拉托斯的《〈图画集Ⅱ〉序言》，都对绘画作了专门的论述。罗马帝国最后一位重要的哲学家、新柏拉图主义的创始人普鲁提诺的艺术观对后世产生了重大影

图十八：色诺克拉底

响。他对肖像画传神的论述，为苏格拉底的传神理论作了一个重要的补充。

希腊化——罗马时期的绘画理论有一个特点，论述者总是以古典时期的希腊艺术为范例来表达自己的观点，给予一种新的阐释，而完全无视当代的艺术，几乎从不提及当代的艺术家和艺术品。

"镜子"说

如果说古希腊的雕塑家征服了动作，那么文艺复兴时期画家就依靠透视征服了空间。文艺复兴时期绘画理论的建立，是从评论乔托的绘画艺术开始的。佛罗伦萨画家乔托（Giolto，1267-1312）的绘画标志着中世纪艺术的结束和新时代艺术的开始，它代表着先进文化的发展方向。意大利文艺复兴的先驱薄伽丘［图19］（Giovanni Boccaccio，1313-1375）从乔托的绘画看到了新时代艺术的曙光。他热情赞扬乔托说："他描绘得如此逼真，以至与其说很像一件自然的作品，倒不如说是自然本身的一部分。所以人的视觉常常受到他的作品的哄骗，将他所画之物误以为物之本体了……他使许多世纪以来遭埋没的这门艺术重新露面，乔托可以理所当然地被称为佛罗伦萨全盛期的一盏明灯。"薄伽丘赞美乔托绘画的自然逼真，把它看作古典艺术在中世纪中断后的新生，是指引佛罗伦萨艺术发展方向的一盏明灯。

意大利文艺复兴早期的重要理论家阿尔贝蒂［图20］的著作《绘画之书》把绘画比作镜子。自此，"镜子"说，成了文艺复兴时期用来解释绘画与自然关系的一种流行说法。

图二十：阿尔贝蒂《绘画之书》

图十九：薄伽丘

阿尔贝蒂说："如果不把绘画看作捕捉原型的镜子，那么把它看作什么？"莱奥纳多·达·芬奇（Leonarto da Vinci, 1452-1519）总结了早期的"镜子"说，在多种含义上使用了"镜子"一词。

（1）镜子中的映像和绘画极相似。他说："在许多场合下，平面镜子反映的图像和绘画极相似。"又说："若是你晓得如何调配颜色，你的图画就能像一面大镜子中看见的自然物。"

（2）画家的心和作为应当像一面镜子。他说："画家的心应当像一面镜子，将自己转化为对象的颜色并如实摄进摆在面前的所有物体的形象。"又说："超乎一切之上的，是他必须使他的精神像明镜一样光洁清静，能像它那样反映摄入其内的物体的五光十色。"还说："他的作为应当像镜子那样，如实反映安放在镜前的各种物体和许多色彩。做到这一点，他仿佛就是第二自然。"

（3）不运用理性的画家就像一面镜子。他说：单凭实践经验和眼睛的判断，"不运用理性的画家，就像一面镜子，只会抄袭摆在面前的一切东西，而对它们一无所知"。在这里，"镜子"又成了机械抄袭的意思，而这正是达·芬奇所反对的。他所说的"理性"，主要指透视学等技法科学。他认为不运用这些技法科学，就不能如实反映对象。

（4）镜子可以用来检验和矫正画面图像。他所说使用镜子的方法，一是将实物反映到镜中，将镜中的映像与画面相比较；一是将画面反映到镜中，这时镜中映像已反转，更易发现图像的缺点。

"镜子"说，实质上是一种镜式的反映论，它把绘画与自然的关系解释为反映与被反映的关系：自然事物通过眼睛反映到画家的心中，然后用绘画形式把它再现出来。"镜子"说，把反映与画家的心联系起来，强调画家的心要明净如镜，强调要运用理性，这与古代的模仿理论相比较无疑是一个进步。同时，其局限也是明显的，因为它并没有揭示艺术家的心在反映过程中的能动作用。

文艺复兴时期建立的西方画论，在17世纪到18世纪的发展，呈现出多样化的趋势。

17世纪的欧洲绘画在对意大利风格主义的反抗中取得了新的繁荣。无论是在意大利还是在法国、佛兰德斯、荷兰和西班牙，都产生了杰出的画家；创造了被称为"巴洛克"时代的新风格；法兰西学院建立发展了最初出现于文艺复兴时期的学院艺术教育；理论上的重大发展，那就是产生了卡拉瓦乔的写实主义理论，贝尔尼尼的虚构理论、卡拉齐（兄弟）的折中主义理论和法国古典主义理论。

生活在16世纪末到17世纪初的伦巴底画家卡拉瓦乔 ［图21］（Michelangelo Amerighi da Caravaggio，1573-1610），曾在罗马风格主义画家阿尔比诺的画室里做帮手，后来离开阿尔比诺，选择了写实主义的道路。卡拉瓦乔所开创的写实主义包含两点内容：一是以自然为师；二是如实地描绘对象。它既与风格主义相对抗，又与古典主义相区别。

这两点内容，见于贝洛利的记述，也见于卡拉瓦乔的自述。贝洛利（Giovanni Pietro Bellori，1615-1696）在《现代画家、雕塑家和建筑家传记》（1672）中说："他（卡拉瓦乔）只倾心于模特儿而不

图二十一：卡拉瓦乔

承认其他的大师；他不是从自然中选取最美的形态，而只是如实地模仿自然——惊人充分地模仿——以至越过了艺术的范围。"又说，"他不仅忽视而且看不起古代优秀大理石作品和拉斐尔的著名绘画，他认为只有自然才是他的画笔要描绘的对象。所以，当菲狄亚斯和格里康的最著名的雕像被指定为他的绘画的楷模时，他的回答只是伸手指着人群宣称，自然已经为他提供了足够的老师。"卡拉瓦乔自己说："一个人如果能很好地绘画，很好地模仿模特儿，那么他就是一个杰出的画家。"卡拉瓦乔的绘画实践和理论，在西方艺术史上是写实主义的开创者。有人称卡拉瓦乔是"推开17世纪艺术大门的人"，对17世纪的巴洛克绘画和后来的现实主义绘画产生了重要的影响。

在艺术模仿自然这一基本观点上，贝尔尼尼与卡拉瓦乔是一致的。贝尔尼尼说："擅长于模仿自然的艺术家，在艺术上也是卓越的，因为艺术的全部的美就在模仿，只有美才能使作品成为观众享受和入迷的对象。"但是，在如何模仿自然上，他不赞成精确的模仿，与卡拉瓦乔的主张不同。他说："自然的表现并不就是对自然的模仿。达到自然的真实这一目的，是不能通过对自然的最精确的模仿达到的"，"为了培养青年人的美的理想，应当从古代风格开始描绘……一下子从描绘自然开始可能是有害的，因为自然几乎总是无足轻重的、无关宏旨的。假如艺术家只描绘它，他们任何时候也不能创造出伟大与完美的作品来，要知道高超的美在自然中是从来不存在的。只有独具慧眼的艺术巨匠才能利用自然，他们能看到它的不足，会在自己的描绘中加以纠正。"又说，"在大理石肖像中，为了更好地模仿自然，有时候必须制作自然所没有的东西。"贝尔尼尼认为，对自然的精确模仿不能达到艺术的真实，而要达到这一目的，必须虚构一些自然所没有的东西。所谓"自然所没有的东西"，就是想象的、虚构的东西。艺术创作需要想象和虚构，这在希腊化——罗马时期的艺术家已经认识到。模仿与想象结合、写实与虚构结合，成为17世纪巴洛克艺术的重要特征。佛兰德斯画家鲁本斯［图22］（Peter Paul Rubens，1577-1640）就是这方面的杰出代表。

始建于1590年的波伦亚学院的奠基人卡拉齐兄弟主张博采众长，被称为"折中主义"。卡拉齐兄弟的折中主义与卡拉瓦乔的写实主义的本质分歧，在于师法古人还是师法自然。

阿戈斯蒂诺·卡拉齐（Agastino Carracci，1557-1602）表述了他们的艺术主张。他说："汲取罗马派的素描——也就是米开朗基罗的力量和拉斐尔的比例和谐；汲取威尼斯画派的运动感和明暗法——提香的作品曾以此而获得真实感；汲取伦巴底派的色彩——阿尼巴尔·卡拉齐曾因此而获了纯粹的贵族风格。"

18世纪的欧洲国家以法兰西学院为楷模，建立起自己的艺术学院。其英国皇家艺术学院创建于1768年，首任院长雷诺兹。雷诺兹（Joshua Reynolds，1723-1792）的《艺术演讲录》包括他于1769年至1790年之间所作的15篇演讲，总结了17世纪以来学院教育的经验。

做为古典主义的代表人物普桑（Nicolas Poussin，1594-1665）

图二十二：鲁本斯

和他，雷诺兹明确提出艺术应该摆脱模仿观念。他说："绘画并非像一般人所认为的那样，仅仅是一种模仿，一种骗人的把戏。恰恰不是如此，严格地说，它毕竟不是，而且不应该是对外界自然的模仿。或许，艺术应该远远地摆脱那种庸俗的模仿观念，正如我们赖以生存的文明国家应该远远地摆脱茹毛饮血的原始社会一样。可以说，那些尚未培养起想象力的人（当然，大多数人还都没有培养起这种能力），在艺术方面依然处在那种茹毛饮血的原始状态。这样的人往往更喜欢模仿，而不愿意想象，因为他们没有想象能力……"又说："给人以愉快的必然是想象，而不是模仿——即对于既定对象的逼真描绘。艺术源于个别的自然，同它直接发生关系，以它为原型；但艺术又远非如此简单，许多艺术又要背离自然，有别于自然。"雷诺兹认为，"每门艺术都有高、低两个等级，每门艺术都受两种不同原则的影响，一种是遵循自然，另一种是改变自然，而且有时还要背离自然。"他主张："应该允许诗人和画家大胆地做一切事情。因为最大胆的莫过于不用实际自然中的原型，而用复杂的手段来完成艺术的意图和目的。"他甚至认为："一个艺术家若是凭借想象地作画，那他就能画得好；反之，就画不好"，"艺术仅仅关系着头脑的两种功用，即想象力和感受力。"艺术的目的是"作用于想象与情感"。强调想象，使雷诺兹［图23］接近了浪漫主义。

19世纪，资本主义制度在欧洲普遍确立并发展到帝国主义阶段。这是一个进步的时代，也是充满矛盾的变革的时代。西方画论在19世纪得到快速发展并发生了根本性的变革。在西方艺术中心的法国，

图二十三：雷诺兹

先有古典主义、浪漫主义和现实主义的激烈竞争，继之又有被誉为"古典绘画的最后完善"的印象主义、新印象主义和后印象主义等思潮和流派的竞争和交替。一批杰出的画家同时又是重要的画论家，他们不仅用自己的艺术作品进行竞争，而且展开了学术上的论争。诗人、作家和理论批评家也参与了不同画派之间的论战。呈现出各种画派的竞艳争芳和各种艺术主张的百家争鸣局面，并开始了向现代绘画观念的转变。这一根本性的变革，如果说在实践上始于19世纪60年代的马奈，那么，在理论上则始于19世纪末的塞尚［图24］。塞尚提出的新理论取代了传统的"模仿"理论，向建立现代绘画理论迈出了决定性的一步。

法国画家安格尔［图25］（Jean-Augusto-Dminique Ingress，1780-1867）作为大卫的学生，既是古典主义绘画的直接继承者，又是古典主义绘画的革新者，最后他又站到保守的立场反对变革，成为古典主义的捍卫者而受到浪漫主义画家的攻击，在他与德拉克洛瓦之间爆发了一场白热化的论战。

安格尔的理论集中于他的十本笔记的第九本里。安格尔的理论的有价值部分，不是他所承袭的古典主义艺术主张，而是他所提出的要开辟自己的新的艺术道路；学习古典艺术要保持自己的独立性；学习古代艺术绝不应替代对造化的研究等具有革新精神的理论。正因为他的革新精神，才使他的绘画艺术取得了新的成就，从而在美术史上占有重要的地位。

法国浪漫主义画派的领袖德拉克洛瓦（Eugěne Delacroix，1798-

图二十五：安格尔自画像

图二十四：塞尚

1863）从 1822 年开始写日记到 1824 年中断，1847 年又继续写作，直到 1863 年去世。他的日记与他的作品同享盛名。他的评论文章发表于《巴黎评论》等刊物上。德拉克洛瓦的有关浪漫主义的理论，主要有以下内容。

想象是天才的泉源。他说："狄米埃认为崇高的情感乃是一切天才的泉源。而我认为唯有想象或者与想象相当的——敏锐的智力，才是天才的泉源。正因为如此，才使得有些人能见到人之所不能见，或不如说，能产生与众不同的见解。"又说："在我心中蕴藏着一种内在的力量，它比我的身体更强而有力，时常赋予我以生命……这种力量就是我的想象力，它主宰着我的一切，鞭策我不断向上。"

想象是艺术家的最高品质，德拉克洛瓦说："想象，对于一个艺术家来说，这是他所应具备的最崇高的品质；对于一个艺术爱好者来说，这一点也同样不可缺少。"他称赞席里柯具有"无穷精力"和"热情与丰富的想象"。他多次评论普吕东具有"十分丰富的想象力"，"只凭自己的想象去创造神"，"控制了观赏者的想象力"。他赞赏格罗"充满热情的想象力"，具有"卓越的想象力"。

好作品总是由想象创造的。德拉克洛瓦说："能够把艺术家的真正想象表现出来的作品，才是最上乘的艺术作品。法兰西学派在绘画雕塑方面之所以显得比较落后，正是因为在这方面的注意力首先集中于研究模特儿，而不是注意于表现艺术家本身的思想感情。"又说："拉斐尔的作品和米开朗基罗、柯雷乔以及和他们同时代的名家作品一样……他们的作品之所以好，主要在想象，他们把如实描写模特儿放在次要地位，有时甚至完全加以忽略。"

按照想象的样子去表现。德拉克洛瓦说："想象并不只是刺激他去想到一些东西，而是要把这些东西像他心中所想的那样去组织起来，从而按照他自己的打算使之形成画面，形成为形象。"又说："对我来说，没有什么东西比我用绘画创造出来的想象更真实；除此而外，一切都不过是过眼烟云而已。"

诗是丰富想象力的无尽的泉源。德拉克洛瓦喜爱诗和音乐，他说："诗是丰富想象力的无尽的泉源"，诗里有取之不尽的创作题材，而且能引发艺术家的灵感，活跃艺术家的想象力。他说自己渴望读诗，渴望成为诗人，因为诗人具有运用自如的语言来表达他们的想象，把感情尽可能强烈地表现出来的能力。"音乐常常给我以很大的启示"。

关于模仿自然。德拉克洛瓦说："整个问题的焦点似乎是这样：模仿的目的是在于更好地发挥想象的作用呢？还是仅仅是为了服从于一种奇特的意愿——只要画家能把眼前的模特儿如实临摹下来就可以了呢？"又说："艺术家的目的，绝不是在于准确地再现自然。事实上，这是不可能的：自然的最一般的印象，不是用别的方法，而是通过相应的手段表现出来，其目的，使能传达到观众的意识中去，这也就足够了。"

关于写实主义。德拉克洛瓦说："纯粹的写实主义是没有什么意义的。""甚至连最固执的写实主义者，在描绘自然时，也不得不采用一些虚构的手法。"又说："现实主义应当看作艺术的对立体，它在绘画和雕塑中，要比在历史和文学中，来得更加可厌……难道有谁能够设想艺术家的双手不受他脑子的支配；或者认为，不管他想模拟得怎样的准确，他那奇怪的工作也丝毫不会受他精神状态的影响。"

自古以来，艺术家从事创作，不可避免地要面对现实与理想的选择，或重现实，或重理想，因而引起了许多争论。然而，在实际作品中，现实与理想常常是结合在一起的。德拉克洛瓦揭示了艺术创作的这一重要规律。

德拉克洛瓦［图 26］说："大卫的作品乃是现实主义与理想的非凡混合体。"又说："普桑把理想的人物和诗意的，而同时又是真实的风景，很好地结合在一起。"还说："如果把真实与理想之统一视为最重要之特点的话，还应当把他拿来和提香相提并论，我所指的就是委罗奈斯。"德拉克洛瓦还以作家为例说："在莎士比亚笔下，写出了出自他想象的人物，也是合乎真实的人物……莫里哀也是这样的例子之一，塞万提斯也是，还有罗西尼……在必要的时候，他们也知道如何去把真实与理想加以结合。"

19 世纪中期，浪漫主义和古典主义受到了以库尔贝［图 27］（Gustave Courbet，1819-1877）为旗手的现实主义的对抗。库尔贝的现实主义理论，主要发表于 1885 年为对抗官方展览而举办的个人画展的前言和 1861 年给青年学生的公开信。

库尔贝所指责的浪漫主义和古典主义的谬误，是指浪漫主义和古典主义只是"描绘过去和未来"，而不去再现当代生活。库尔贝举

图二十七：库尔贝

图二十六：德拉克洛瓦

起现实主义旗帜，就是要如实地再现当代生活，使绘画从热衷于描绘历史题材和凭想象去虚构回到现实生活。库尔贝所提出的现实主义原则，在当时无疑是一个进步。但是，他对绘画创作又设定了种种限制，低估了想象在艺术创作中的作用，忽视了艺术家的主观创造性。因此，库尔贝的现实主义理论是比较狭隘的，也使他本人的绘画创作受到了局限。

自古希腊以来，西方绘画一直以表现完美的人体作为主要方式，理论上更是把丑的事物排斥在绘画对象之外。狄德罗提出"艺术应该模仿美的自然"，安格尔也主张"艺术所应反映的只是美的东西"，绘画似乎与丑无缘。但是，在现实生活中，既存在美，也存在丑，美与丑是对立的统一。在历代绘画作品中，也不乏丑的事物的形象。高尔基称19世纪的现实主义为批判现实主义，其批判性就在于揭露和批判现实生活中丑的事物。

罗丹不仅创作了雕像《欧米哀尔》[图28]，而且第一次提出生活丑可以作为艺术的表现对象，并阐释了生活丑何以能转化为艺术美。

罗丹从雕像《欧米哀尔》开始谈论这一问题。他说："平常人总以为凡是在现实中认为丑的，就不是艺术的材料——他们想禁止我们表现自然使他们感到不愉快的和触犯他们的东西。"他列举了委拉斯贵兹画侏儒赛巴斯提安、米勒画可怜的农夫、波德莱尔描写腐朽的尸体，以及莎士比亚描写亚果和理查三世等，说明"在自然中一般所谓'丑'，在艺术中能变得非常美"。

图二十八：罗丹《欧米哀尔》

他说："在艺术中，有'性格'的作品，才算是美的。所谓'性格'，就是，不管是美的或丑的，某种自然景象的高度真实，甚至也可以叫作'双重性的真实'；因为性格就是外部真实所表现的内在真实，就是人的面目、姿势和动作，天空的色调和地平线，所表现的灵魂、感情和思想。"在自然中认为丑的，往往要比那认为美的更显露出它的性格。"所以常常有这样的事：在自然中越是丑的，在艺术中越是美。在艺术中，只是那些没有性格的，就是说不显示外部和内在的真实的作品，才是丑的。在艺术中所谓丑的，就是那些虚假的、做作的东西，不重表现，但求浮华、纤柔和矫饰，无故的笑脸，装模作样，傲慢自负——一切没有灵魂，没有道理，只是为了炫耀的说谎的东西。"

罗丹认为，"对于当得起艺术家这个称号的人，自然中的一切都是美的——因为，他的眼睛，大胆接受一切的真实，而又毫不困难地，像打开的书一样，懂得其中的内在真实。"

罗丹关于生活丑何以能转化为艺术美的论述，体现了 19 世纪现实主义的批判性特征。

19 世纪 70 年代的法国画坛，一批年轻的印象派画家勇敢地挑战官方沙龙，组织起自己的画展。从 1874 年到 1886 年共举办了 8 次画展，标志着印象派的产生和结束。印象派代表莫奈（Claude Monet，1840-1926）毕生坚持印象主义原则，虽然他自己说"最怕理论"，但在一些谈话和书信中仍表述了他的印象主义理论。

忘掉对象是什么。莫奈说："在户外作画时，要尽量忘记你面前的对象——一棵树，一座房屋，一片田地或什么的。要忘掉这些，你只需想，这里是个小正方形的蓝色块，那里是一个粉红色的长方形，这里是一片黄色。你就这样画，好像对象原本如此，原本就是这样的色彩和形体，直到画面使你获得一种自己的纯正印象。"他说真希望自己生来就是个瞎子，然后突然得到视觉，这样，他就是在完全不知道面前对象是什么样的情况下开始作画。

表达自己的印象时，他说："我只有直接描绘自然的功绩，我想在最容易消逝的效果之前表达我的印象。"又说："对于对象的第一眼，可说是最真实、最无先入之见的印象。"

捕捉瞬息变化的"一瞬间"。他说："越是深入进去，我越是清楚地看到，要表达出我想捕捉的那'一瞬间'，特别是要表达大气和散射其间的光线，需要做多么大的努力啊！"又说："光变了，颜色也要随着变。一种颜色，它持续一秒钟，有时至多不超过三四分钟。这样，我就只能在三四分钟内做我所能做的事。一旦错过机会，我就只好停止工作。""一个画家最重要的，是能注意到什么时候外界效果在变化，这样才能得到对大自然某一特定方面的真实印象，而不是在拼凑一张图画。"

塞纳河任何时候看都是不同的。他说："我画塞纳河整整画了一生，不论是什么季节什么时间……从未感到过厌倦。塞纳河任何时候看都是不同的。"

年轻的修拉（Georges Seurat，1859-1891）和西涅克（Paul Signac，1863-1935）于19世纪80年代把印象主义进一步推向极端。

1886 年第八届印象派画展展出了修拉用点彩法画成的大幅油画《在大碗岛的一个星期日的下午》[图 29]（1884-1886），标志着新印象派的出现。

新印象派画家依据谢弗勒尔关于色彩的科学原理，通过原色色点的正确分布，准确的计算，利用色彩的对比作用，由视觉来完成色彩的调合。

第二节 现代艺术论

塞尚，这个被誉为现代绘画之父的几乎终生郁郁不得志的银行家的儿子，一个传统艺术的革命者，以其执着的信念践行着他"艺术与自然平行的理论""几何形体结构理论""主客体融合于色彩理论"。从此，绘画进入现代语境，沿此进路，塞尚、高更和凡高以后，20 世纪最初的十几年里，欧洲现代艺术迅速发展，出现了总称为"现代派"或"现代主义"的流派或理论，到了 30 年代已经建立起以表现和抽象为核心内容的现代绘画的系统理论。同时，在现代画论的建立过程中，由于虚无主义和非理性哲学的影响导致艺术变革失去了理性的方向。以非艺术来反艺术的"新艺术"登场，在一些理论批评的推波助澜下，造成了艺术观念的混乱和艺术批评的无标准状态。

塞尚认为，艺术是和自然平行的和谐体。他说："艺术是一种和

图二十九：《在大碗岛的一个星期日的下午》修拉

自然平行的和谐体。艺术家和它平行……外界的自然和这里面的（他敲着自己的脑壳）必须互相渗透，为了持久，为了生活，一个半人性半神性的生活，即艺术地生活。在我内心里，风景反射着自己，人化着自己，思维着自己。我把它客体化、固定化在我的画布上……但对于我，好像我是那风景的主观意识，而我的画布上是客观意识。我的画面和风景都存在我的外界，但风景是混沌的、消逝着的、杂乱的、没有逻辑的生命，没有任何理性，画面却是持久的，分门别类了的，参加着诸观念的形态。"

自然的几何形体结构。他说："不管我画什么，一张速写或一幅画，都仅仅是表现自然的结构。"又说："自然中的每件东西都与球体、圆锥体、圆柱体极相似。画家必须学会描绘这些简单的形象。""要用圆柱体、球体、圆锥体来处理自然。"

主客体融合于色彩。他说："按照自然来画画，并不意味着一味的摹写客体，而是实现色彩的印象。""人们不须再现自然，而是代表着自然，通过什么呢？通过造型的色彩的'等值'。只有一条路，来重现出一切，翻译出一切，色彩！"又说："我迄今设想色彩是伟大的本质的东西，是诸观念的肉身化，理性里的各本质。我画的时候，不想到任何东西，我看见各种色彩……色彩是那个场所，我们的头脑和宇宙在那里会晤。""我所画的每一笔触，就好像从我的血流出的，和我的模特的血混和着，在太阳里，在光线里，在色彩里。我们须在同一节拍里生活，我的模特，我的色彩和我……"

他说："对于画家来说，只有色彩是真实的。一幅画首先是，也应该是表现颜色……这里存在着一种色彩的逻辑，老实说，画家必须依顺着它，而不是依顺着头脑的逻辑。"又说："他（丁托莱托）用色彩说话。物象走进他的心灵，没有线描，完全在色彩里。"

高更（Paul Gauguin，1848-1903）一度是印象派的成员，后来与印象派决裂，醉心于原始主义。高更经常与友人谈论艺术，并撰写艺术论文。《诺阿——诺阿》一书是他在塔希提岛生活时所写的日记。

高更的理论突出的贡献在于——回到原始的道路。他说："原始的艺术从精神出来，利用着自然。所谓精致化了的艺术是从感官的诸感觉出来，服务于自然。因此我们堕入了自然主义的错误——我们只有一条合理性的回到原始的道路……艺术家丧失了他们的野性，因他们不再有本能了。原始自然的画家具有朴素性、暗示性的僧侣主义，笨拙不灵活的天真精神。他是通过单纯化，通过许多印象的概括来造型，服从于一个总观念。高贵的和单纯的！"

色彩起着音乐性作用。他说："色彩虽然比线条变化少些，但它还可以作更多的引申，因为它具有超越眼睛的力量。"又说："同音乐一样，它通过各种感官媒介对心灵产生作用：和谐的色彩类似于声音的谐调。""色彩在现代绘画中起着音乐性的作用。像音乐那样颤动的色彩最易普及，它在自然中同时也最难捉摸；这就是它的内在力量。"

装饰和简化。他说："我试图在不借助文字手段的情况下，用一种恰如其分的装饰和简化手段来表现我的幻象，这是一桩艰难的工作。"又说："被迫去装饰只能对你有益处。不过要提防模型化。简单的彩色玻璃窗户以它的色与形的分割来吸引眼睛,这种装饰效果是非常美丽的。是一种音乐。想必我生来就是从事装饰艺术的,可我过去一无成就。"

荷兰画家凡高(Vincent Van Gogh,1853-1890)于1886年到法国巴黎,结识了高更、毕沙罗和修拉等画家。1888年2月去法国南部阿尔。他在去阿尔后写给兄弟提奥的信中表述了自己的艺术思想。

绘画是人的心灵的表现。他说："艺术,这就是人被加到自然里去,这自然是他解放出来的;这现实,这真理,都具备着一层艺术家在那里表达出来的意义,即使他画的是瓦片、矿石、冰块或一个桥拱……那宝贵的呈现到光明里来的珍珠,即人的心灵。我在全部自然中,例如在树木中,见到表情,甚至见到心灵。"

用色彩来有力地表现自我。他说："我并不力求精确地再现我眼前的一切,我自如而随意地使用色彩,是为了有力地表现我自己。"

色彩就是生活里的热情。他说："我相信,一个新的色彩家画派将会在南方扎根,我越来越感到北方画家们只把他们的理想寄托在用笔功夫和所谓绘画性上,而不是依赖色彩本身来表达事物。"又说："丰富的色彩和南方灿烂的光,完全符合德拉克洛瓦的见解——即南方必须通过诸色彩的平列对照以及他们的引申与和谐来表现,而不是通过形与线作为形与线本身,画面里的色彩就是生活里的热情,寻找它和保存它;这不是小事情。未来的画家就是尚未有过的色彩家。马奈做了准备工作,而印象派在色彩里更加强了努力。我爱一个几乎燃烧着的自然，在那里面现在是陈旧的黄金、紫铜、黄铜、带着天空的蓝色；这一切又燃烧到白热的程度，诞生了一个奇异的，非凡的音乐交响，带着德拉克洛瓦式的折碎的色调。"

创造色彩音乐。他说："绘画，像现时的，将更趋精微——更多的音乐，较少的雕塑。最后，它许诺提供色彩，而这是和感情结合着的色彩，像音乐和激动结合着的。""每当我劳而无功地学习音乐时，就感受到我们的色彩与瓦格纳的音乐之间的关系是如此密切。"又说："奥里尔（Auriers）的论文给我勇气，更多地从现实离开，而来创造色彩音乐。"

色彩的暗示力量。他说："我不知道，有没有人在我以前谈过色彩的暗示力量……我在画幅《夜咖啡馆》里用红与绿来表现人类的可怕的情调。这些色彩，不是呆板地按照现实主义立场的字句来说，而是眼睛的欺骗者；是富于暗示力的色彩，它们表现出人们的火热的情绪活动。我试图表现出夜咖啡馆是一个场所，人在里面将会疯狂，能做出犯罪的事来；我通过柔和的粉红色、血红色、深红的酒色和一种甜蜜的绿色、委罗奈斯绿（那是用黄绿色与重青绿的相对立）相对照来达到目的。这一切表现出一种火热的地狱气氛，惨白的苦痛、黑暗，对昏昏欲睡的人们压制着。"

立体主义的主将毕加索（Pablo Picasso，1881-1973）于1907年创作的《亚维农少女》[图30]被认为是第一件有立体主义倾向的作品。立体主义分为分析的立体主义（1912年前）和综合的立体主义（1912-1914）。毕加索没有对立体主义作过理论阐释，只对立体

图三十：《亚威农少女》毕加索

派作过一些说明。

画商丹尼尔·康威勒（Danil-Henry Kahnweiler，1884-1979）在《立体派的兴起》（1915）一书中说："画家不必限于去画从一个视点着眼的物体，而可以从各个视点，从上、从下去展现这个物体。"又说："立体派画家所指望的是视觉概念，决不在于几何形体，而是在于描绘再创造的物体。"

画家阿尔伯特·格莱兹（Albert Gleizes，1881-1953）和让·梅景琪（Jean Metzinger，1883-1956）共同发表的《立体主义》（1912）一文，是立体主义最重要的文献。

把时间因素引入了作为空间艺术的绘画。他们说："模仿是艺术中唯一可能的错误，它违背了时间规律，时间就是法则。"

理解塞尚的人就接近于立体主义。他们说："他（塞尚）预言，对基本体积的研究将打开一个前所未闻的新天地……确定无疑地证实绘画不是——或不再是——那种凭借线条和色彩等元素来模仿某一物体的艺术，而是赋予我们本能以一种造型意识的艺术……理解塞尚的人就接近于立体主义。"

立体派画家研究绘画形式和绘画空间。他们说："他们（立体派画家）无休止地研究由绘画所生发出的绘画形式和空间。"

绘画空间与视觉空间的区别。他们说："至于视觉空间，我们知道它来自于肉眼调节和视点集中的和谐感受。"又说："绘画空间可以作这样的界定：绘画空间是建立于两个主观空间之间的情感交流。"

将对象的几种表象在时间上组织起来构成一个物象。他们说："当众多的眼睛凝视对象，对象应会有众多的表象；当众多的心灵去理解对象，它的表象就会有众多的本质。"又说："那么围绕着对象观察并且表现出对象的几种表象，在时间上将它们组织起来构成一个物象，这种表现方法也不应该让有理性的人们愤愤不平了。"

德国表现派包括1905年成立的德累斯顿桥社和1909年成立的慕尼黑青骑士社。他们摒弃再现自然的方式，追求自我情感的表现，回归自我的内心。处于严重的精神危机时代的德国画家们，试图用精神的力量来对抗现代文明。

艺术批评家赫尔曼·巴尔（Herman Bahr，1862－1934）的著作《表现主义》（1918）对德国绘画的表现主义作了全面的论评。

表现主义追求一种新的艺术方式。他说："表现主义所采用的语言最终向我们表明的也就是：表现主义者要探索的都是前所未有的。它意味着：一种新的艺术形式将脱颖而出……迄今为止的绘画历史和全部绘画的含义在这似乎遭到了全盘否弃。而他们所追求的绘画方式也是有史以来从未尝试过的。"

技巧随看的方式的改变而变化。他说："整个绘画史永远是一部看雪的历史。看的方式改变了，技巧就会随之而改变。技巧改变的原因仅仅在看的方式改变了。技巧为跟上看的变化而改变自己。看的改变同人与物的联系相关。人对这个世界持一种什么样的态度，他便抱以这种态度世界。因而所有的绘画史也就是哲学史，甚至可以说是未写出来的学史。"

表现主义者过分地强调精神。他说："印象主义不过是古典艺术的最后语言，它完成了古典主义，把它充实到最大限度，这表现在把外在的看提升到最高的地位。内在的看却完全封闭了……今天的情形不同了，涌现出来的一批青年人却又过分地强调精神。他们把外在的生活抛得远远的，返回到自己的内在中去，倾听自己隐秘的声音。他们重新相信，人不仅仅是世界的和声，毋宁说，人也许是世界的创造者，无论如何，人与世界同样强大。这一代人弃绝了印象主义，随之，新的艺术形式随之产生。这艺术重新用精神的眼睛去看：表现主义紧随印象主义而出现，它同样是片面的，同样否弃了人的本性的一部分，同样只占有一半真理，的确，人只是偶尔在一瞬间能得到全部真理，一触而过，人类总是在一个错误到另一个错误之间摇摆。"

画家所寻求的最新方向是视力音乐。他说："画家所渴望寻求的最新方向，可以说就是视力音乐。他们并不打算临摹自然，为此当人们用自然的标准来衡量他们的绘画时，他们便遭到攻击。画家究竟在自然界的什么地方看到过他们所画出来的东西，对此人们无法提问，正如人们不去问音乐家，他们什么时候在自然界中听见过这种音乐主题，音乐家倾听自己，画家却是窥视自身。音乐家将那种神秘的力量变为声音，画家却将它变为光亮。"

人类想重新找到自己。他说："表现主义是指：人类想重新找到自己……自从人服务于机器以来，他便不再具有感觉。机器夺走了人的灵魂。现在灵魂想重新回归于人之中；它是指：我们所经历的一切都是这种围绕着人的可怕的斗争，都是灵魂与机器的斗争。我们不再生活着了，而是仅仅被生活着。我们不再有自由，我们不再能决定自己，而是被决定，人被剥夺了灵魂，自然被剥夺了人性。最初我们还在为是自然的主人和大师而自豪，而此时自然之口已将我们吞噬。假若不出现奇迹！表现主义是指：是否能通过一次奇迹，使得丧失灵魂、堕落的、被埋葬的人类重新复活。"

向精神呼救。他说："从未有任何时候像现在这样为惊惧、死亡所动摇，世界还从未有过这样墓穴般的寂静，人类从没有过这样渺小，他也从未有过这样的担忧，欢乐从未这样疏远，自由从未呈现出这般死寂。这时困境高声吼叫起来，人类呼叫着要回到他的灵魂中去，整个时代都化为困境的呼叫。艺术也在深沉的黑暗处发出吼声，它在呼救，它在向精神呼救：这就是表现主义。"

害怕现代"文明"而逃回自我内心。他说："原始人由于害怕自然而躲藏到自身中去，而我们却是害怕一种禁锢人类灵魂的'文明'而逃回自我内心中去……我们这些被'文明'毁掉的人，又在我们的心中找到了这种不会被消失的力量，在我们面对死亡的恐惧时，我们取出了这一力量，我们用它来对抗'文明'，我们发誓要向文明展示这种力量：表现主义正是画出了我们所信任的我们内部的未知的符号，可以拯救我们的符号，画出了被禁锢的精神想撕碎监狱的符号，画出了灵魂极为担忧所发出的警报的符号。"

只重视主观的东西而忽视了客观的东西。他说："印象主义过多地去再现客观的东西，而压制了主观的东西，表现主义却反过来只重视主观的东西，而忽视了客观的东西……印象主义缺乏这一内在与外在的完整性，表现主义也同样缺乏。"

从传统绘画的再现转向表现，伴随着从具象到抽象的转变。绘画向音乐寻找老师。由此走上了抽象主义的道路。抽象绘画的创始人瓦西里·康定斯基（Vassily Kandinsky，1866–1944）于1910年创作了第一幅抽象水彩画。

康定斯基在《论艺术的精神》［图31］（1911）一文中对非具象艺术作了系统而深入的探讨。《论形式问题》（1912）是康定斯基的另一篇重要论文。康定斯基的《点、线、面——抽象艺术的基础》是《论艺术的精神》一书的续篇，由于一战而推迟到了1926年出版。康定斯基从亲身体验中得到启示，进行抽象画的实践和理论探讨。康定斯基的主要论点：人类把视线从外表转向内心；排除外表现象内在音响将增强；向音乐寻找老师；色彩直接影响心灵；抛弃了外在形式可以产生纯抽象的结构；点线面是抽象艺术的基础；抽象画比具象的更广阔、更自由、更富内容。

俄国至上主义的创始人马列维奇［图32］（Kazimir Malevich，1878–1935）于1913年展出了一幅白底上一个方块的作品，开创了一种纯几何形的抽象画，他在《至上主义》（1929）一文中表述了他的理论。

他说："所谓至上主义，就是在绘画中的纯粹感情或感觉至高无上的意思。""至上主义的新艺术通过赋予绘画感觉以外的表现，创造了一种新的形式和形式关系，它们将会变成一种新建筑，将会把

图三十二：《白上加白》马列维奇

图三十一：《论艺术的精神》康定斯基

［俄］瓦·康定斯基 著

论艺术的精神

这些形式从画布移到空间中去……艺术家（画家）就不再被限制在画布上（画的平面上），他能够把他的构图从画布移到空间。"

俄国艺术家符拉基米尔·塔特林创作的《第三国际纪念碑》［图33］（模型）是构成主义的代表作。构成主义的理论主要由年轻的瑙姆·嘉博（Naum Gabo，1890－1977）和兄长安东尼·佩夫斯奈尔（Antoine Pevsner，1886－1962）所表述。他们先后于1922年和1923年前往德国柏林，后来在法国巴黎创建了"抽象——创造"集团，继续从事构成主义实验。

嘉博在《艺术中的构成主义观念》（1937）中提出：

"构成主义观念的直接源泉是立体主义……相比之下，以前所有的艺术流派仅仅是改革；而立体主义则是一种革命。其矛头直接指向艺术的实质。"

"它揭示了一个普遍规律：某一视觉艺术的要素，诸如线条、色彩、形式，都具有其自身的表现力，从而独立于世界表象的任何关系之外，它们的生活和行动是植根于人性的自我限制的心理现象。这些要素不像语言和形象那样是根据任何一种功利目的或其他别的原因来选择的，但是它们和人类情感的联系则是直接而有规律的。这一基本规律的揭示在艺术中开辟了一个宽阔的新天地，为那些曾经被忽视的人类冲动和情感提供了表达的可能性……"

荷兰画家蒙德里安（Piet Mondrian，1872－1944）早期在巴黎受到印象派、野兽派和立体派的影响，"一战"爆发后回到荷兰，于1917年与杜斯伯格（Theo Van Doesburg，1883－1931）组织"风格

图三十三：《第三国际纪念碑》塔特林

派",创办了《风格》杂志。蒙德里安将他的几何抽象理论称为新造型主义。

蒙德里安在《自然的现实与抽象的现实》(1919)一文中首次使用了"新造型主义"来称谓他的几何抽象理论。蒙德里安的《造型艺术与纯粹造型艺术》(1937)一文最系统地阐述了他的新造型主义理论。

"几何形是一种典型的抽象形式,因此可以被认为是中立的;而且,因其张力和轮廓线的简洁,人们喜爱几何形甚至胜过喜爱任何其他的中立形式。"

动态平衡的基本法则。节奏是非具象艺术的基本因素。蒙德里安把建筑、绘画和雕塑的结合看作艺术的终点和新的开端,是几何抽象艺术的发展目标。风格派的新造型主义与至上主义和构成的几何形抽象理论都把造型艺术的综合作为艺术发展的终极目标一样,预言绘画和雕塑将不会以独立面貌出现。这一预言在20世纪60年代的美国极少主义以后变成了事实,绘画和雕塑的传统形态终于消失了。但这只是短暂的,绘画仍以独立的面貌与综合艺术平行地发展着。

沃林格尔的平面抽象理论

德国美学家、艺术史家威廉·沃林格尔(wilhelm Worringer,1881-1965)是现代抽象艺术的早期理论支持者。他的博士论文《抽象与移情》(1908)第一次提出艺术风格的心理动机理论,说明对抽象的迫切需要的心理动机,为现代抽象艺术提供了历史依据和理论支持。

艺术作品同自然平起平坐。他说："艺术作品，作为一个独立存在的有机体，同自然平起平坐，就其最深刻和最内在的本质而言，就事物的可见表面被自然理解这一事实而言，艺术作品同自然没有任何联系。自然之美决不应该被视为艺术作品的一个条件……艺术的特定法则在原则上与自然的审美毫不相关。"

移情理论不适用于艺术史的广阔领域。他说："本文的基本目的就是证明这种以移情作用的概念为出发点的现代美学对艺术史的广阔领域是不适用的。首先，我们将寥寥几笔勾勒出移情作用的概念特征，以这种方式，尽力阐明移情作用和抽象的对立关系。"

艺术发展史上对抽象的需要。他说："对移情作用的需求的对立端点在我们看来就是对抽象的迫切需要……我们将发现野蛮人的艺术意志力（只要他们有那么一点儿的话），然后是所有原始艺术时代的艺术意志力，最终才是某些文化发达的东方民族的艺术意志力。展示这种抽象的，趋于是对抽象的需要才出现在每种艺术的起源时期，对具有高水平文化的某些民族来说，则始终是占主导地位的趋势。然而比如说对希腊和其他民族来说，它却又缓缓退化，给移情作用的迫切需要让路。"

对抽象的迫切需要的心理动机。他说："什么是对抽象迫切需求的心理先决条件呢？我们必须到这些民族对广阔世界的情感中，在他们对茫茫宇宙的心理态度中，去探寻。然而，对移情作用迫切需要的先决条件是在人和外部世界现象之间的一个快乐的、泛神论的自信关系，而对抽象的迫切需要则是人们受外部世界现象鼓舞而产生的巨大的内心动荡的结果……我们可能把这种状态描述为一个对空间的极大的精神恐惧。"

抽象形式给心神不安的人们带来愉悦。他说："我们提出这样的主张：简单线条及其纯几何规律性的发展必然会给那些被现象的晦涩和错综搞得心神不安的人们带来最大的愉悦。因为，同生命有关的以及依赖于生命的最后迹象已荡然无存，在此，获得了最高级的绝对形式，最纯净的抽象；在此，只有法则，在此只有必需，而在除此之外的其他地方，占主导地位的仍然是有机生命的变幻莫测。然而，这样的抽象并不把任何自然物体当作模特使用。几何线条和自然物体之差异正是在于前者不处于任何自然的上下联系之中。构成其精髓部分的东西当然也与自然毫不相干。机械力是自然力。然而，在几何线条以及整个几何形体中，机械力脱离了自然的上下联系，摆脱了自然力的不停变化，已经作为独立的部分展现在人们眼前。"

对抽象的迫切需要使表现接近平面。

英国美学家克莱夫，贝尔（Clive Bell，1881-1964）的著作《艺术》（1914）是现代形式主义理论的早期文献。他提出"有意味的形式"是一切视觉艺术的共同性质。

20世纪最初出现的流派之一的意大利未来派与法国野兽派和立体派等有所不同，它广泛涉及文学、戏剧、绘画、雕塑和建筑等领域，并首创为本派起名和发布宣言，开始它的流星般一瞬即逝的历程。

　　未来派的各种"宣言"中充斥着虚无主义言论，未来派画家为表现"速度之美"而进行了实验。在意大利这样一个有着辉煌艺术传统的国家，未来派的虚无主义注定不会有什么好结果，它的短命是毫不奇怪的。然而，它所产生的影响却是深远的。

　　产生于1915-1916年的达达派，是由一群因战争而移居瑞士苏黎世的青年诗人、作家、画家和雕塑家聚集一起而形成的。达达派成员中对造型艺术产生重大影响的是法国艺术家马塞尔·杜尚（Morcel Dwhamp，1887-1968）。他早期迷恋于立体主义和未来主义。他于1913年2月的军械库画展（在纽约第69兵团军械库开幕的"现代艺术流派国际展览"）一举成名后便停止了作画。1915年移居美国。他的作品《泉》［图34］（1917）开创了以现成物品作讽喻的先例。他的言行对现代艺术的发展产生了重要的影响。

　　杜尚的言行对后期现代艺术的发展，尤其是对"二战"后的美国艺术的发展影响极大。他的现成品"新艺术"开创了以非艺术来反艺术的先例；他的"简略"原则，直接催生了极简艺术；他的"观念"理论，导致由概念艺术开始的观念艺术的流行。

超现实主义理论

　　"一战"后以达达派的一些成员为骨干形成的超现实主义，从文学开始而波及艺术的各个门类，它的广为人知则是由于造型艺术。

　　西班牙画家胡安·米罗（Jean Miro，1893-1983）于1919年到巴黎，20世纪20年代转向超现实主义，综合抽象主义与超现实主义

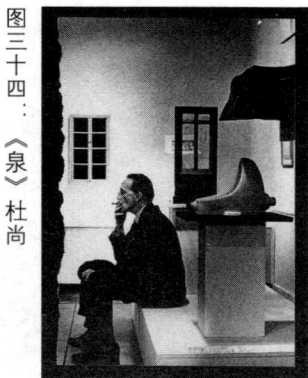

图三十四：《泉》杜尚

而自成一家。"二战"期间回到西班牙，战后声名卓著。他在一些谈话中发表了自己的见解。

本质上陌生的多个元素的偶然会合。他说："缝纫机或雨伞在一个解剖桌上的偶然的会合，今天是一个大家都知道的几乎成为一典型的例子代表超现实主义者所发现的现象，即两个或多个好像本质上陌生的元素，在一个对它们也是本质上陌生的平面上，产生了最强烈的诗意的火焰。"

平衡原则。"一幅画应该在每分每毫上都正确无误——每分每毫都平衡有致。"例如在画《农妇》[图35]时，我发现把猫画得太大，它影响了画面的平衡。这迫使我在画面前景部分加上两个圆圈和两条棱角线。它们看起来有象征意味，虽然令人难以理解，但绝不离奇。把它们置入画面，以求构成平衡。也是基于同样的理由，在那之前我画了一幅《农庄》，在一定程度上舍弃了现实感：光滑的墙上加上一些裂缝，使之与画面另一边的鸡笼铁丝平衡协调。正是这种平衡原则迫使我将自然物态单纯化，同古代的凯特兰人所做的一样。

根据幻觉作画。"1925年，我完全是根据幻觉作画……饥饿是产生这些幻觉的主要源泉。我长时期地面壁而坐，观看空空无物的墙壁，试图找出在纸上或麻布上的那些图形。"

20世纪的西方现代画论是在欧洲开始建立起来的。"二战"后，唯一从战争中受益的美国，凭着其强大的经济实力，大力在欧洲宣传美国艺术，取得了西方现代艺术的主流地位，把"世界艺术"的

图三十五：米罗《农妇》

中心地位从巴黎转到了纽约。"二战"后的西方画论由美国主导，基本上是美国的画论。

"二战"后的美国绘画，最先推出的是"美国式"的抽象表现主义。美国画家波洛克是抽象表现主义的最具代表性的人物。波洛克的《我的绘画》（1947）一文是抽象表现主义的重要文献。戈特利布、罗思科和纽曼三位画家的《致纽约时报的信》（1943），为抽象表现主义奠定了美学基础。纽曼为某画廊所写的《意象文字绘画》（1947）一文，被称为"是抽象表现主义的值得纪念的宣言"。此外，荷兰出生定居美国的画家德库宁在《何谓抽象艺术》（1951）一文中对艺术中的"抽象"提出了批评。艺术批评家格林伯格是抽象表现主义的辩护人，他的评论文章《现代派绘画》和《美国式绘画》（1955）是后期现代主义艺术的重要文献。

抽象表现主义之后的大色域（硬边）绘画，也是一种平面抽象绘画。画家奥利茨基的论文《绘画中的色彩》（1967）以及诺兰的一些谈话，表述了大色域（硬边）绘画的理论。同时流行于20世纪60年代的极简艺术（极少主义）主张把画面简略到极少。贾德的论文《特殊作品》（1965）是极简艺术的早期文献。极简艺术的代表斯特拉在访谈（1966）中表述了他的观点。20世纪60年代末期出现的概念艺术把艺术简化到只剩下观念。概念艺术以及行为艺术、装置艺术和表演艺术等观念艺术，以观念取代了艺术，导致了艺术本身的消亡。科萨斯的论文《追求哲学的艺术》（1969）是概念艺术的重要文献。

后现代主义艺术论

20 世纪 50 年代出现于英国，60 年代流行于美国的波普艺术，标志着现代艺术向后现代艺术的转变。英国画家理查德·汉密尔顿［图 36］首先提出了关于波普艺术的设想。美国《艺术新闻》（1963 年 11 月号，1964 年 2 月号）刊载的《八位艺术家对"波普艺术是什么"的回答》，是波普艺术的重要文献。70 年代的照相写实主义，又名超级写实主义，虽然保留了绘画和雕塑的形态，但已经不是传统意义上的绘画和雕塑了。照相写实主义画家大都采用谈话方式来表述自己的艺术见解。

进入 20 世纪 80 年代，欧美一些国家出现了称为"新绘画"的德国新表现主义、意大利超前卫（新表现主义）、英国绘画新精神、美国新意象（新形象）、新抽象主义、新表现主义以及法国新自由形象等。它们大都冠以"新"字，以表明其不同于已成为传统的现代绘画。80 年代"新绘画"表现出一种回归绘画的趋向和"搬用"的特征。80 年代末到 90 年代，出现一种以丑陋和恐怖来刺激人的"后前卫"艺术。

进入 21 世纪，艺术进入当下。

注释

【注一】［美］哈罗德·布鲁姆.《批评、正典结构与预言》［M］. 吴琼译. 北京：中国社会科学出版社，2000：167.

【注二】John Locke. An Essay Concerning Human Understanding, ed ［M］.

图三十六：汉密尔顿

Alexander Campbell Fraser, Oxford: Clarendon Press, 1894: 142-143.

【注三】［美］M. H. 艾布拉姆斯.《镜与灯-浪漫主义文论及批评传统》　［M］.郦稚牛，张照进，童庆生译.北京：北京大学出版社，2004：46-47.

【注四】［美］M. H. 艾布拉姆斯.《镜与灯-浪漫主义文论及批评传统》［M］.郦稚牛，张照进，童庆生译.北京：北京大学出版社，2004：47.

第三章

无极而太极——六法新论

努力直接进入混沌，努力的过程就是排除制造直达意象，锤炼写的能力。

一、气韵生动（有生命力、生机）

气韵生动有6种断句法，每一种的意义各不相同：

1. 气（真元之气）、韵（节律）、生（生命、生发）、动（律动）；

2. 气、韵、生动（活跃、活泼）；

3. 气、韵生动；

4. 气韵、生动；

5. 气韵生、动；

6. 气韵生动。

二、骨法用笔（果敢）

骨法用笔是东方艺术区别于西方艺术的最重要哲学根源。东方艺术讲写意，以写达意，用写不用画，写是通过万千锤炼之后的直入化境、天人合一之境。写的是意不是象，这就决定了东方艺术是直入混沌的，意不是象，是象之入人脑之后的精神升华，如果说艺术的最高层次是无言，那意就是艺术的第二层次。写是手段，在艺术的创作中，非用写是不能达到意的。写是浑然天成，而画只是制造而已。画面的每一写具是意，千万写还是意，何则一写已是意还何千万写之？因一写是第二层次里的最高层次，因其太高在实际的操作中无法分诸如雕塑、白描、山水、花鸟、人物、油画、版画、水彩等类别，所以我们所言之艺术，乃是相对于两写及以上而言的。

三、经营位置（尺幅上换去毛骨）

构图，中国画论已有详论。

四、应物象形（得意）

我将其定义为意之象、影象，此意之像因其动态之生动而具意。没有动态的象是少阴，是衰，是偃息，是消亡，所以是艺术之末流。而有动态的达意之象必须是以骨法用笔才能形成的，骨法用笔必须以形成有动态的达意之象为目标，不然亦为萎靡之意象。

五、转移模写（情感投射）

我将其定义为对结构的取舍，纲提则目张，结构就是形象的纲，骨法用笔之千笔万笔当俱是结构之写。动态之憨厚、灵巧、幽宁、伟壮因结构的变化而成，犹如一汉字。每字俱有九宫，九宫变而动态变，九宫之变就是结构的变。

六、随类赋彩（得墨）

用色是也，何以赋彩？随类是也。随何类是也，我将其新解为随"意"类而非随物类，你要何"意"便赋何色，所以王维《雪地芭蕉》，见解类也，知己者也。不要忘记，赋彩亦得用写。

俱此五法备而气韵生动成也。

第一节　六法归一
——"气韵生动"的哲学与美学基础

一、气韵生动详解

（一）"气"的基本内涵

"气韵生动"作为"六法"的第一法与核心，作为谢赫画学其实也是中国画学的一个核心命题，其主要内涵是什么？这是必须弄清楚的问题。要回答这个问题，首先要从字面上弄清楚"气""韵""气韵""生动"这些字、词或范畴的内涵。

总的来说，"气韵生动"是中国绘画艺术的传统价值尺度和基本审美要求。"气韵"是关于中国绘画艺术审美本体的艺术美的中心范畴。这个范畴由"气"和"韵"两个概念在中国古代文化的背景下自然而然地组合而成。"气"的概念在美学中的演变，有一个从哲学的宇宙万物生机论的"气"到艺术形象的内在生机、外在生机的"气"的演化过程。"韵"的概念在美学中的演化，也有一个从音乐的形式"韵"到一切艺术内外情趣意味深长的"韵"的发展过程，"韵"依附于"气"，并且是"气"的延伸。

"气"原本是中国传统哲学的范畴之一，后来又逐渐被用作中国古典美学和中国传统画学的范畴。《淮南子·天文训》云："宇宙生元气。"同书《原道训》云："夫形者，生之舍也；气者，生之充也；神者，生之制也。一失位则二者伤矣。"在当代哲学家中，张岱年先生对"气"的解释被认为是颇具见地的。张岱年说："在中国哲学中，注重物质，以物质的范畴解说一切之本根论，乃是气论。中国哲学中的所谓气，可以说是最细微、最流动的物质。以气解说宇宙，即以最细微、最流动的物质为一切之根本。西洋哲学中的原子论，谓一切物皆由微小固体而成；中国哲学中之气论，则谓一切物皆是气之凝结。亦可谓足成一种对照。"注一人类社会亦为物质的产物，因此"气"的范畴也可运用于人类社会生活中。张岱年认为宇宙万物"一本多级"：宇宙事物统而言之皆物，析而言之有物、有生、有心，物为一体，生、心，皆物发展之结果。张岱年说："由物而有生，由生而有心，皆是演化历程中之由量转质"，生、心等各级以物为本，"生心社会不违物之规律"注二。这就是说，人类生活固然有其特殊的规律，但"气"作为宇宙事物的一般本质，也必然存在于人类生活中，包括存在于人类精神生活中。孟子曾说："我知言，我善养吾浩然之气。"问他"何谓浩然之气?"他说："难言也。其为气也，至大至刚，以直养而无害，则塞于天地之间。其为'气'也，配义与道；无是，馁也。"注三孟子一是承认天地间处处客观地存在着"气"；二是承认在人类社会中"气"相当于义和道；三是认为如果人没有这种与义和道相联系的具有社会道德价值的浩然之气，精神就会腐败堕落。可见，"气"早就被运用于人的精神方面。"气"既然可运用于人的精神方面，把"气"运用到包括绘画在内的文学艺术中，就是自然而然的了。

魏曹丕在《典论·论文》中说："文以气为主，气之清浊有体，不可力强而致。"这是指表现在文章中的作家主观的气质。南梁刘勰在《文心雕龙·檄移》中说："事昭而理辨，气盛而辞断，此其要也。"这里的"气"指作家主观方面的强大果断的判断力。而《文心雕龙·才略》篇所谓"枚乘之《七发》，邹阳之上书，膏润于笔，气形于言矣"，"气"在这里已通过语言文字体现出来了。顾恺之评《小列女》一画，说其形象"不尽生气"，这"生气"就是指画上人物精神方面诸因素的具体表现。顾恺之论及摹写人物画时说："若长短、刚柔、深浅、广狭，与点睛之节，上下、大小、浓淡，有一毫小失，则神气与之俱变矣。"这里所说的"神气"也是"气"范畴在画学上的运用。

不难理解，谢赫在他的《古画品录》中把人物或其他对象的"气"的表现作为评价绘画作品的一个重要范畴，是顺理成章的。他评卫协的画，说"颇得壮气"。评顾景秀的画，用了"神韵气力"一语。评丁光的画，说"乏于生气"。这些"气力""壮气""生气"，乃至"神韵"，都运用了作为美学范畴、画学概念的"气"，都是精神意义的"气"的审美表现形态。

"气"概念，在谢赫的"六法论"中，主要被运用于绘画中的人物形象的内在精神气质及其外在形貌的表现方面，至于画家本人的精神气质的价值，在他的《古画品录》中未曾有明显的反映。在魏晋南北朝的不少文论中，是经常可以看到对于文学家本人的精神气质的论述的。文如其人，艺术家的精神必定影响其文学艺术作品。刘勰的《文心雕龙》在这方面有很好的论述。如说："昔王充著述，制养气之篇，验己而作，岂虚造哉！夫耳目鼻口，生之役也；心虑言辞，神之用也。率志委和，则理融而情畅，钻砺过分，则神疲而气衰：此性情之数也……且夫思有利钝，时有通塞，沐则心覆，且或反常，神之方昏，再三愈黩。是以吐纳文艺，务在节宣，清和其心，调畅其气，烦而即舍，勿使壅滞；意得则舒怀以命笔，理伏则投笔以卷怀，逍遥以针劳，谈笑以药倦。常弄闲于才锋，贾余于文勇，使刃发如新，凑理无滞，虽非胎息之万术，斯亦卫气之一方也。"刘勰对养气总的观点是："纷哉万象，劳矣千想。玄神宜宝，素气资养。水停以鉴，火静而朗。无扰文虑，郁此精爽。"^{注四}刘勰说明：一、人在生理和精神上都是有"气"的，做人为文必须"养气"。二、主张进行文艺创作时，要心清、气畅、神足，其反面是心烦、气滞、神昏。养心、养神也可以通称为"养气"。要把自己的气养得如新磨好的利刃达到快刀斩乱麻的境界。北齐颜之推在《颜氏家训·文章篇》中也说："文章当以理致为心肾，气调为筋骨，事义为皮肤，华丽为冠冕。"同文又说："凡为文章，犹乘骐骥，虽有逸气，当以衔策制之。"

谢赫生活于六朝齐梁间，把有"生气""壮气"作为绘画评论的标准之一，是顺理成章之事。画学中的"气"范畴，总的说来主要是指画上形象及整个画面所表现出来的人物的精神、气质、神情，以及画上所表现出来的画家自己的精神、气质和力量。由"气"与别的词再组成复合词，如气质、气派、气势、气韵、气力以及神气、生气、壮气、骨气、雅气、逸气，等等。哲学中的"气"被运用到文学、绘画作品上来，被赋予了审美特色："气"与形、情、神、韵、意、思、美、趣……众多的词语、概念结为一体，内美与外美互生互成，构成一个完美的审美整体。谢赫"六法论"中"气韵"一词，便由此而产生。

（二）"韵"的基本内涵

谢赫在《古画品录》序中使用了"气韵"一词之后，具体评论绘画作品时只有一次把"气"与"韵"连用，更多地是用了"神韵"（评顾景秀），"体韵"（评陆绥），"韵雅"（评毛惠远），"情韵"（评戴逵）。可见，对于谢赫，一方面，"气韵"作为画学概念在画学理论中尚未完全固定；另一方面，"气韵"有许多同义词或反义词。但也应当看到，他在《古画品录》序这样更具理论色彩的文字中使用"气韵"一词，可说明这一概念在地位上优先于其他如神韵、体韵、情韵、韵致、韵味、风韵等概念。后人多用"气韵"是理所当然的。

"韵"作为一个字或词，在古代早已被运用于中国语文中的拼音、艺术中的音乐、诗歌作品等的音韵方面，并逐渐转用于绘画、戏曲等艺术领域。汉语拼音字母有子音和母音，即现代所说的辅音和元音。在汉语词典中，"元音"解释为：声带颤动，气流在口腔的通路上不受阻碍而发出的声音，如普通话语音的 a、e、o、i、u、ü

等。发元音时鼻腔不通气，要是鼻腔也通气，发的元音就叫鼻化元音。普通话语音中 ng 尾韵儿化时元音变成鼻化元音。按照一般常识也知道，元音的声音和带元音的声音，具有初级的韵味。"韵"字在字典上与音韵、气韵有关的解释有三种：（1）好听的声音，如"琴韵悠扬""松声竹韵"；（2）韵母：押韵、叠韵、韵文；（3）情趣：风韵、韵味、韵致。"韵"首先指好听的声音，而好听的声音必然有韵母并讲字调。（按：汉语字母分为声母、韵母、字调三部分。一个字起头的叫声母，其余的音叫韵母。字音的高低升降叫字调。韵母及字调在声音的美中显然起主要作用。）诗歌的语言美、音乐的美，固然包括节奏美、旋律美等因素，但音韵的美也不容忽视。这就要讲和谐而富于变化的押韵。曹植《白鹤赋》中有"聆雅琴之清韵"之句。《广雅》的解释是："韵"，和也。韵即和谐的音响。

"气韵"首先被运用于对人物精神气质和仪表的评价中，然后转过来运用于文学艺术作品中。在南朝，韵被用来形容文人雅士超凡脱俗的个性风度与生活情调。南宋刘义庆《世说新语·任诞》云："阮浑长成，风气韵度似父。""韵度"显然指人的精神风貌。因此，"韵"与"气度""气派"的"气"并无绝对的区别，因"气"或"韵"都关涉人的精神气质和风貌。《全宋文·金楼子·后妃》记宣修容相静惠王云："行步向前，气韵殊下。"（从此句可知，气韵不能作为一法。）"气韵"显然是上面引文"风气韵度"的缩写。风气、韵度形容的都是人的精神气质、风貌及其在行为、形象上的具体表现。"气韵"原本是一个中性名词，并无直接褒贬之意，"气韵殊下"当然具有贬义，"气韵生动"就是对艺术形象的赞美之词了。

中国人甚至全世界的人，从审美上说，都具有把人以外的自然物当人来看的传统，中国古人在这方面表现得尤为明显，因此诗人描写人或自然物多用"比兴"。如汉王逸《离骚经序》所说："《离骚》之文，依诗取兴，引类譬喻。故善鸟香草，以配忠贞；恶禽臭物，以比谗佞；灵修美人，以媲于君；宓妃佚女，以譬贤臣；虬龙鸾凤，以托君子；飘风云霓，以为小人。其词温而雅，其义皎而朗。凡百君子莫不慕其清高，嘉其文采，哀其不遇，而愍其志焉。"对人讲气、讲韵、讲气韵，对艺术作品及艺术形象，当然也可讲气、讲韵、讲气韵。故《南齐书·文学传论》有云："文章者，盖情性之风标，神明之律吕也。蕴思含毫，游心内运，放言落纸，气韵天成。"刘勰在《文心雕龙·声律》篇亦云："是以声画妍蚩，寄在吟咏。滋味流于字句，气力穷于和韵。异音相从谓之和，同声相应谓之韵。"（按：异音指平和仄，相从指平仄相对跟随，读起来声音和谐。）同声指同韵母，相应指韵母相同，读起来则有韵味。实际上是和谐的两种形态。刘勰是从声律上讲"和"与"韵"。把"和"与"韵"作为骈体文中的对仗，可见"韵"亦有广义的"和"的意思。

宋代范温在《潜溪诗眼》一文中对文学艺术中的"韵"有较为详细的解释。摘要如下。

王偶定观好论书画，常诵山谷之言曰："书画以韵为主。"予谓之曰："夫书画文章，盖一理也。然而巧，吾知其为巧；奇，吾知其为奇；布置开合，皆有法度；高妙古澹，亦可指陈。独韵者，果何形貌耶？"定观曰："不俗之谓韵。"余曰："夫俗者，恶之先；韵者，美之极。书画之不俗，譬如人之不为恶。自不为恶至于圣贤，其间等级固多，则不俗之去韵也远矣。"定观曰："潇洒之谓韵。"予曰："夫潇洒者，清也。清乃一长，安得为尽美之韵乎？"（按：由此可见"六法"新断句法以"生动"解释"气韵"之不通。）定观曰："古人谓气韵生动，若吴生笔势飞动，可以为韵乎？"予曰："夫生动者，是得其神，曰神则尽之，不必谓之韵也。"定观曰："如陆探微数笔作狻猊，可以为韵乎？"予曰："夫数笔作狻猊，是简而穷其理，曰理则尽之，亦不必谓之韵也。"定观请予发其端，乃告之曰："有余意之谓韵。"定观曰："予得之矣。盖尝闻之撞钟，大声已去，余音复来，悠扬宛转，声外之音，其是之谓矣。"予曰："子得其梗概而未得其详，且韵恶从生？"定观又不能答。予曰："盖生于有余。请为子毕其说。自三代秦汉，非声不言韵。舍声言韵，自晋人始。唐人言韵者，亦不多见。唯论书画者颇及之。至近代先达，始推尊以为极致。凡事始尽其美，必有其韵，韵苟不胜，亦亡其美……且以文章言之，有巧丽，有雄伟，有奇，有巧，有典，有富，有深，有稳，有清，有古。有此一者，则可以立于世而成名矣。然而一不备焉，不足以为韵，众善皆备而露才用长，亦不足以为韵。必也备众善而且韬晦，行于简易闲澹之中，而有深远无穷之味，观于世俗，若出寻常。至于识者遇之，则暗然心服，油然神会。测之而益深，究之而益来，其是之谓矣。其次一长有余，亦足以为韵。故巧丽者发之于平澹，奇伟有余者行之于简易，如此之类是也。自《论语》、六经，可以晓其辞，不可以名其美，皆自然有韵。左丘明、司马迁、班固之书，意多而语简，行于平夷，不自矜炫，故韵自胜。自曹、刘、沈、谢、徐、庾诸人，割据一奇，臻于极致，尽发其美，无复余蕴皆难以韵与之。唯陶彭泽体兼众妙，不露锋芒，故曰质而实绮，癯而实腴，初若散缓不收，反复观之，乃得其奇处。夫绮而腴，与其奇处，韵之所从生。行乎质与癯，而又若散缓不收者，韵于是乎成……"注五

范温对"韵"作了以下几点定义：第一，是"美之极"，这是基础；第二，在此基础上"有深远无穷之味"，即有余意谓"韵"；第三，在艺术表现上要言简意远；第四，有美必有韵，无韵亦无真正的美；第五，美与韵是多种多样的，如巧丽、雄伟、奇特、奇巧、典雅、丰富、深刻、沉着、清爽、古朴等，是要有其中一种美，再加上言简而意味深远，即有"韵"作为美学范畴的直接显露的内涵。"六法论"中的"气"更多地指气势、骨气、气派、力气之美这些属于阳刚之美和内在精神气质方面的内涵；而"韵"则更多地指阴柔之美、含蓄之美以及高雅典丽形式意味方面的内涵。

古代文论把"气"与"韵"视为诗的形象和意境的两种有联系但各有特色的美的因素。明胡应麟评宋诗有云："宋人学杜得其骨，不得其肉；得其气，不得其韵；得其意，不得其象，至声与色并亡之矣。如无己《哭司马相公》三首，其瘦劲精深，亦皆得之百炼，而神韵遂无毫厘。他可例见。"注六他评两汉诗又云："两汉诸诗，唯《郊庙》颇尚辞，乐府颇尚气。至《十九首》及诸杂诗，随语成韵，

随韵成趣，辞藻气骨，略无可寻，而兴象玲珑，意致深婉，真可以泣鬼神，动天地。"注七——胡应麟在这里用了骨——肉，气——韵，象——意这些成对的概念，显然认为骨与肉、气与韵、象与意相对待、相异而有联系。似乎认为有骨即有气，有肉就有韵。把气与韵合起来作为一个概念来使用，"气韵"显然是气与韵的对立统一体。胡氏显然重视这种对立统一、相异相生。由此我们也就可以理解到："气韵"的内涵大于"气"与"韵"二者相加的内涵。

李廌《济南集》卷八《管赵土舞德茂宣义论弘词书》："凡文之不可无者有四：一曰体，二曰志，三曰气，四曰韵……文章之无体，譬之无耳目口鼻，不能成人。文章之无志，譬之虽有耳目口鼻，而不知视听臭味之所能，若土木偶人，形质皆具而无所用之。文章之无气，虽知视听臭味，而血气不充于内，手足不卫于外，若奄奄病人，支离憔悴，生意消削。文章之无韵，譬之壮夫，其躯干枵然，骨强气盛，而神色昏瞀，言动凡浊，则庸俗鄙人而已。"注八从大体上说，"体"相当于造型；"志"和"气"合起来相当于对人心理精神和生命的生动表现，而"韵"则相当于人物形象及其内在精神的优雅美妙。因此，如果"气"相当于视觉形象的充实和有力，那么"韵"就是指有生命的艺术形象的整体动态结构所显示的绵绵不绝的力量和余味，并相当于视觉形象的优雅美妙。这两方面的和谐统一加上生动的表现，就是"气韵生动"的主要内涵。

（三）"气韵"的基本内涵

顾恺之的"传神论"是谢赫"气韵生动"论的画学思想根据或

来源之一，这是当代许多研究者公认的。宋代邓椿甚至把气韵生动视为传神的同义语。他说："画之为用大矣！盈天地之间万物，悉皆含毫运思，曲尽其态。而所以能曲尽者止一法耳。一法者何也？曰：'传神而已矣。'世徒知人之有神，而不知物之有神。此若虚深鄙众工，谓虽曰画而非画者，盖止能传其形不能传其神也。故画以气韵生动为第一。"注九对这种气韵生动等于传神论之说，有必要再作进一步的思考。从思维逻辑上说，谢赫作为一个人物画家，他在制定（或沿用）"六法"时，实际上不能不考虑到人物的形与神的问题。"六法"的第三法"应物象形"，已经指出写形的重要性；而"骨法用笔"未曾直接涉及"传神"问题；其余"随类赋彩""经营位置""传移模写"更加没有直接涉及"传神"问题；看来，只能把"传神"的任务放在"气韵生动"这第一法了。再说，谢赫作为一个评论家，在建立自己的画学体系的时候，也不可能不考虑到包括顾恺之在内的前代画家和理论家已经提出而且公认可取的画学命题。"以形写神"便是这样的命题。因此，"气韵生动"论包含"传神"论，这是必然的。但"包括"不等于"等于"。

风骨、骨气、气韵是近义词而不是同义词。气韵是中性词，没有褒贬之意，如可以说气韵生动，也可以说气韵殊下。风骨、骨气则有褒义。大致说来，"气韵"多指人物或作品的内在精神及其外在表现，"风骨"指文学作品的壮美风格，"骨气"则是"气韵"的近义词。已有研究者从谢赫《古画品录》的风骨论、钟嵘《诗品》的风骨论出发，讨论了"风骨"一词在刘勰时代的基本含义，认为在谢赫那里，"风就是气韵生动"，"骨就是骨法用笔"。在钟嵘那里，"建安风力"与"建安风骨"义同，"风就是笔力鲜明生动，有清刚之气，骨就是笔力雄健、有骨力"。并指出：在刘勰论及文章的八种风格类型——典雅、运奥、精约、显附、繁缛、壮丽、新奇、轻靡，其中"风骨"是对典雅、精约、显附、壮丽这四种风格类型的概括，它们均属于气韵生动、笔力雄健的范畴。作为风格范畴，"风骨"相当于西方美学史上的"崇高"。这种风格偏向于阳刚之美。而"隐秀"风格则偏向于阴柔之美。又据黄侃《文心雕龙札记》："（风与骨）二者皆假于物以为喻。文之有意，所以宣达思理，纲维全篇，譬之于物，则犹风也。文之有辞，所以摅写中怀，显明条贯，譬之于物，则犹骨也。必知风即文意，骨即文辞，然后不蹈空虚之弊……风缘情显，辞缘骨立也。"又云："体恃骸以立，形恃气以生；辞之于文，必如骨之于身，不然则不成为辞也；意之于文，必若气之于形，不然则不成为意也。……言外无骨，结言之端直者，即文骨也；意外无风，意气之骏爽者，即文风也。"可见，"风骨"一语，其内涵包括"气韵生动""骨法用笔"两方面的内涵，并有对风格具有褒义，因此不能视"风骨"为"气韵"的同义词。

张彦远在《历代名画记》中运用了"骨气"一语。说："古之画，或能移其形似，而尚其骨气，以形似之外求其画，此难可与俗人道也。今之画，纵得形似而气韵不生，以气韵求其画，则形似其间矣。"张彦远是在论析"六法"时用到"骨气"这一概念的。他把"形似"与"骨气"视为相对范畴，在"六法"论中，"应物象形"显然与"气韵生动"相对应。因此"骨气"具有传神、气韵生动的内涵。张彦远又说："夫象物必在于形似，形似须全其骨气，骨气形似，皆本于立意，而归乎用笔。"把"骨气""形似""用笔"作为绘画创作三个方面来论述，可见"骨气"不是"骨法"，"用笔"才讲"骨法"。或许，可视"骨气"为"气韵""骨法"的缩写语；可视"骨气"与"气韵"为近义语。"骨气"一语显然含有褒义。人们常说谁谁有"骨气"。有时人们把"骨气"用作"气韵"的同义语。如滕固曾说："骨气、气韵、神韵三语，其意义略同；与形似相对立。形似是画的所对之外面的形；骨气等三语是涌现其形的意义，或可以名之为精神。"注十"略同"不是"尽同"。这种说法当然是不算错误，但却并不太确切。

（四）生动的基本内涵

"气韵生动"中的"生动"，其内涵就是现代汉语中作为形容词的"生动"之意，并没有某些研究者所理解的"生"为动词、"动"为名词之意。从哲学基础上看，画学上形象的"生动"来自《周易》。《周易》积极地肯定了人与自然的统一，并进而系统地探讨了天地万物的生长变化及人的生命健康成长发展的问题，《周易》所讲的天地万物的生长变化都是同人事相关甚至相应的。甚至它对天地万物的看法，也是联系着人的生命的健康发展进行论析的。《周易》对"生"给予了热情的赞美。说："生生之谓易。""天地之大德曰生。"如何才能生？说："天地交，万物化生"；"天地氤氲，万物化醇，男女构精，万物化生。"整个宇宙都被看成一个处在变化发展和协调统一之中的生命整体。变化发展是生命的本质，而协调统一则是生命得以顺利发展的保障，人世间一切幸福和美好的事物都建立在这种不断变化发展与协调统一的基础之上。从自然生命的健康正常发展来看美，进而强调美同自然生命的内在联系，这可以说是中国美学，特别是儒家美学的一个根本看法。《周易》认为，天地万物的生长变化及生命的健康正常发展，其根本的保障是"保合太和"[注十一]。而所谓"太和"，并不是一种处在静止状态中的协调统一，而是一种处在不断运动、生长和发展中的协调统一。"气韵"之所以能够"生动"，从哲学上看就在于所创造的形象具有生命、具有运动感，而且所有构成因素在运动中都能协调统一。艺术形象的"太和"之美，全在于构成因素的有阴阳以及由此派生出来的刚柔、方圆、动静、开合、顺逆、虚实、奇正、曲直、轻重、进退相互之间构成的和谐辩证运动。而形象的、运动的和谐辩证法还包括气势、力量、节奏与韵味。艺术形象应具有生命，这运动的生命具有勃勃的生机，蠢蠢欲动，而且艺术形象的构成因素之间又相反相成、相异相应、和谐统一，只有这样，艺术形象才会有生动的内涵气韵，气韵才会生动。

二、"六法"各法的基本内涵与联系

（一）"气韵生动"的内涵

应当承认，谢赫的"气韵生动"论与"传神"论相比，具有更丰富的内涵，否则，谢氏只要说"神情生动"就行了，何必要提出"气韵生动"呢？根据《古画品录》对 20 多位画家作品的分析所用的词语，并参考历代及当代研究者的论述来看，"气韵生动"可能包含以下几个方面的内涵。

（1）以形传神："气韵生动"的视觉形象，要求富于艺术性地传达表现对象（人或物）的精神气质，以及这些内在方面在某种具体环境中的外在具体表现。《古画品录》中所用的"风骨"（评曹不兴）、"壮气"（评卫协）、"神韵"（评顾景秀）、"体韵"和"风采"（评陆绥）、"体韵"（评戴逵）、"神气"（评晋明帝）、"生气"（评丁光），这些词语与"传神"有关，像"神气""神韵"，简直等于"传神"。

（2）形中含气："气韵生动"的形象必然是形中含气、全画贯气。气包括客观对象的气、画面的气和画家主观的气。与谢赫活动的时代大致相同的刘勰在《文心雕龙》中说："写气图貌，既随物以宛转。"[注十二]把"写气"与"图貌"并举；"图貌"即"象形"，"象形"必"写气"。虽然视觉形象与语言形象各有特征，但创造艺术形象，通过形象表现被描绘对象的精气、神气、气势、气概、气派等要求，则是大体相同的。刘勰在《文心雕龙》中还说："肇自血气；气以实志，志以定言。"[注十三]认为文学中所表现的"志"（思想、审美追求）要以"气"来充实；"志"决定艺术语言的运用。这里的"血气""气"，都是指作家主观的生理、思想方面的因素。谢赫评曹不兴时说："观其风骨，名岂虚成。"其中的"风骨"，既包含客观对象的气，也包含画家主观的气。评卫协所说的"颇得壮气"以及评顾骏之所说的"神韵气力"中的气，都是主客观统一的气。在绘画中，气是要贯穿包括笔墨在内的一切构成因素以及各构成因素之间的关系的。近代国画大师吴昌硕说他"画气不画形"，以夸张的说法指出绘画形象写气贯气的必要性。

（3）达意抒情："六法论"的文字表达本身没有使用达意抒情之类的词语，是一种忽略，但在谢赫评画时却涉及了绘画作品这方面的内涵。如说张则的画作"意思横逸"，显然是主张绘画作品要表现意和情的。达意抒情，实际上就是刘勰《文心雕龙》中的心、情、意、志等概念的内容。如说："绘事图色，文辞尽情。"注十四 "故立文之道，其理有三：一曰形文，五色是也；二曰声文，五音是也；三曰情文，五性是也。"注十五 "夫比之为义，取类不常：或喻于声，或方于貌，或拟于心，或譬于事。"注十六 "岁有其物，物有其容，情以物迁，辞以情发。" "属彩附声，亦与心而徘徊。"注十七 "夫缀文者情动而辞发，观文者披文以入情。"注十八 把辞与情、文与情、物与心、彩与心、声与心……用作对偶范畴。谢赫也是把情与韵、笔与意（说顾恺之"笔无妄下，但迹不逮意"；说张则"意思横逸，动笔新奇"）视为对偶范畴，要求韵中有情、笔中含意。因此，把达意、抒情的内涵包括在"六法论"的体系中，并不会歪曲或美化"六法论"的本义。

（4）生机（生命力）勃发：顾恺之的"传神写照"的命题，主要是强调表现出人物的内在精神和个性特征，但还没有提升到生机论的高度来阐述。谢赫"气韵生动"的命题，则不止于"传神写照"，而是着眼于宏观的自然与人生，立足于艺术的生命与自然生命的动态的和谐统一，更具有艺术审美认识论的意蕴。"气韵生动"不言"传神"，而用上了"气""韵""生动"这些词语，就可看出谢赫是为了强调表现对象的生机、生命力。中国的元气本体论哲学，是讲"生生不息"的，有"生生之为易"之论。因此，用"气韵生动"代替"传神"，就增加了强调表现对象的生命力这一层内涵。谢赫批评丁光的画"非不精谨，乏于生气"，就说明他是重视绘画形象的"生气"的。

（5）气势动势：中国传统哲学认为宇宙万物是有生机的、运动的，这有生机的运动是由宇宙万物自身阴与阳的相对、相异、相生、相克、互转、互化本身原有的节奏韵律的运动而产生的。"天地氤氲，万物化醇；男女构精，万物化生。"《易传》所云就是这个意思。表现"生机"，表现"运动"，表现所描写对象及其关系的"动感""动势"。绘画形象本身具有"动感""动势"，是中国传统哲学的太极阴阳辩证法所要求的，是顾恺之的"传神"论早已要求的，也是画家、作家对客观事物的"仰观俯察""迁想妙得"所必须注意的。顾恺之画云台山要求"令庆云西而吐于东方"，要求吉祥彩云具有动感；要求"下作积冈，使望之蓬蓬然凝而上"，即要求有向上升腾的气势；要求所画的凤鸟，"羽秀而详，轩尾翼（尾翼呈飞扬貌）以眺绝涧"也是有"动感"、有"动势"、有"生动"的状貌。

（6）余意余韵：有余音、余意、余味或有余韵，是"韵"的原初意义，"气韵生动"当然也应有"意味深长"的内涵。谢赫评陆绥画说："体韵遒举，风采飘然"，"遒举"即指有力的"动感"，

"飘然"即含有"有余味""有余韵"之意。谢赫评戴逵画"情韵连绵","连绵"有"延续不断"之意，亦即有余意、有余韵。"连绵"当然也是一种"动势"。有余意，有余味，有余韵，是与绘画形象的含蓄相联系的，甚至可以说以含蓄之美为基础。如果形象本身不含有丰富的内涵，"余韵"从何而来？如刘勰所说："夫隐之为体，义生文外，秘响傍通，伏采潜发，譬爻象之变互体，川渎之韫珠玉也。故互体变爻，而化成四象；珠玉潜水，而澜表方圆。"[注十九]有余味，有余韵，也就是后来张彦远所说的"不了"之"了"，即艺术形象要能够给观赏者留下一个形有尽而意无穷的审美想象的空间。

（7）刚柔相济：鉴于中国传统哲学太极阴阳辩证法的指导作用，谢赫可能因此在"六法"的行文措辞上常常包含阴阳对立统一的观念。如"气"与"韵"对立统一。就"气韵"来说，"气"阳"韵"阴；"气"是刚健有力，"韵"是柔美典雅。故谢赫评毛惠远画说"力遒韵雅"。"力遒"是有力、气势大，是刚；"韵雅"是柔，是柔美典雅。以上是说，"气韵生动"除了讲"传神"、形象要有"生机"（生命气力）外，必然还要有"动势"，有"动感"；不但有阳刚之美，而且又有阴柔之美；不传神，缺乏生机，没有动势、动感，缺乏阳刚之气或阴柔之美的视觉形象，就不可能有气韵，也不可能生动。稍早于谢赫的南朝宋王微在《叙画》中就已提到："图画非止艺行，成当与《易》象同体。"而《易》象本身是"阴阳合德而刚柔有体"。绘画形象亦应刚柔对立统一。气之刚与韵之柔的结合是必然的。《周易》关于阴阳为主导，阴为基础的思想，为中国艺术中所表现的力量、气势及阳刚之美和阴柔之美提供了理论依据。在《周易》的观念中，阳趋向于动，并且有刚的性质，阴则趋向于静，并具有柔的性质。"大哉乾元，万物资始，乃统天。"^{注二十} "至哉坤元，万物资生，乃顺承天。坤厚载物，德合无疆。"^{注二十一} 乾元为阳，坤元为阴，阴阳和合，化生万物。阳为主，阴为从，故乾元"统天"，坤元"顺天"。"太和"是乾坤二元、阴阳二气的对立统一。气为阳，韵为阴；气为刚，韵为柔，刚柔相济，以刚为主或柔中寓刚。气与韵相融合，气带韵，韵托气。气韵是阳刚之美中带阴柔之美，即黄宾虹所说的"浑厚华滋""寓刚健于婀娜"。

（8）生动与气韵互补互生："生动"是要求"气韵"表现得生动，因此"生动"是作为一个形容词，用以表述作主语的名词"气韵"表现的性质。"气韵"的表现要求"生动"，"气韵"也应当"生动"。不能说气韵就是生动，或生动就是气韵。确切地说"气韵"本身不可能必然"生动"。"气韵"在某些作品中并不一定生动；"生动"的形象并不一定能够达到传神写照的要求。例如，画上的笔墨很生动，但笔墨的生动并不能保证"传神"的生动。再如，画某甲的肖像画，画得并不肖似，但却可能画得生动，这种生动并未达到此幅肖像画的"传神""气韵生动"的要求。因此，"生动"并不是说明"气韵"内涵的词语，而是对"气韵"的表现在艺术性上的一种界定和要求。邓以蛰说："生动与气韵可状，而神韵与气韵为无形迹可状者也。生动得神韵而后全，是犹神韵得生动以全其意也。则无形超妙之神韵、气韵赖生动以见，无疑也。"^{注二十二}

（9）和谐合法：林风眠先生在《中国绘画辩论》一文中论及"气韵生动"时援引了日本艺术批评家冈仓天心的说法。冈仓天心说："画所以写物貌情状，其关照衬映之状皆和谐合法，即所谓气韵也。"林风眠肯定冈仓天心"能注意到动作与和谐的意义"[注二十三]。潘天寿［图37］先生作为当代中国画大师，他对"气韵生动"的理解更为明确、贴切和全面："中国绘画在画面的构图安排上、形象动态上、线条的组织运用上、用墨用色的配置变化上等方面，均极注意气的承接连贯、势的动向转折，气要盛，势要轻，力求在画面上造成蓬勃灵动的生机和节奏韵味，以达到中国绘画特有的生动性。"[注二十四]"气韵生动"要求生机、气势、节奏韵味在整个画面的所有构成因素上都有鲜明谐和的表现。

概括说来，"气韵生动"，指绘画作品、绘画形象在生动地（富于艺术性地）表现对象神情的基础上，显示出阳刚之美与阴柔之美的对立统一，而具有勃勃生机，并以其单纯含蓄之美以及和谐之美而耐人寻味。"气韵生动论"的哲学基础是中国先秦开始的"元气本体论""生机论""太极阴阳对立和谐统一论"以及"形神对立统一论"，并以顾恺之的"传神论"以及六朝人物品评论为学美来源。石涛的一画论下属的"蒙养生活论"也是"气韵生动论"的延续和发展。

（二）骨法用笔的内涵

"骨法"指中国传统绘画造型立骨的法则，正如人成形站立要有骨骼一样。中国传统绘画以毛笔画出的墨线为造型的骨架，而且以

图三十七：潘天寿

墨线立骨架是要讲究笔法的，这就是"用笔"。既然造型的骨架须靠用笔，而用笔的主要目的（不是唯一目的）是建立画面和形象的骨架，同时还要求用笔结合画面和形象，讲究刚柔相济之美，所以谢赫称"六法"的第二法为"骨法用笔"，名正而言顺。

用笔须讲骨法（或骨法须讲用笔）→骨法须讲象形（形似）→象形须讲气韵→气韵必须生动，这是"六法论"中应有的思维逻辑。谢赫在《古画品录》序中虽未用"（立）意"的概念，但在对某些画作的评价中却用了"意"字。如评顾景秀有云："赋彩制形，皆有新意。"评顾恺之云："迹不逮意。"评张则云："意思横逸，动笔新奇。"评刘瑱云："用意绵密。"因此上引张彦远"骨气形似皆本于立意而归乎用笔"，加上"意"字并未歪曲谢赫的"六法"的本意，而是揭示了"六法"体系应有之重意的理论。张彦远所理解的"六法"，立意是绘画之本，而用笔则是不可缺少的手段。气韵、生机（生动）、骨法、形似……这一切，都与立意和用笔有关。而用笔是与书法功力相联系的。

用笔，实际上与用墨是不可分割的。潘天寿说："笔不能离墨，离墨则无笔。墨不能离笔，离笔则无墨。故笔在才能墨在，墨在才能笔在。盖笔墨两者，相依则为用，相离则俱伤。"[注二十五]谢赫只提到用笔，未提用墨，一则因为笔墨融合的技法在当时尚处于开创阶段，二则笔与墨在实际上难以分离，因此"骨法用笔"实际上已不能不包含用墨。至唐代，我国水墨画虽然已大为发展，而张彦远还只是说"本于立意而归乎用笔"，亦未说"归乎笔墨"，这里也没有轻视用墨之意。

　　用笔（及用墨）与象形、气韵都有联系，但与用笔直接联系的是"骨法"。关于用笔与骨法的关系，潘天寿说："骨，也可理解为'骨架''骨干''骨骼'。人的肉体，要靠骨骼来支撑，没有骨就没有肉。造房子先竖梁和柱子，支撑了房屋的骨架，而后筑墙盖瓦。有了骨架，大布局已基本肯定了。"清代沈宗骞在《芥舟学画编》中说："意在笔先，趣以笔传，则笔乃作画之骨干也。骨立则筋络可联，骨立则血肉可附。"[注二十六]潘天寿又说："骨法"的表现，最后'归于用笔'。'用笔'也指线的应用。中国画表现形式不外乎点、线、面三个方面。西洋画亦如此。三者用笔不同，情趣也各异。三者中以线为主，为基础，'线'表现对象最明确、最强烈，这是中国画的特点所在。点、线、面，都是用笔画成，'笔'是表现对象的主要工具。'线'为'笔'所掌握，'笔'指挥'线'，'线'即是'骨'，也可以说，'骨法'即表现各种骨线的方法。"[注二十七]既然骨法的表现最后归于用笔，那么，用"骨法用笔"作为"六法"命题之一，是理所当然的。用笔与"气韵生动"内涵中的"气势""神采"的表现也有很大的关系。苏轼评王维、吴道子画有云："道子实雄放，浩如海波翻。当其下笔风雨快，笔所未到气已吞。"[注二十八]清李景黄《似山竹谱》有云："苏之下笔风雨，其气道也。"可见用笔联系着"气韵"。北宋郭若虚有云："凡画，气韵本乎游心，神采生于用笔，用笔之难，断可识也。"[注二十九]

　　就"六法"中的"骨法用笔"这一法的本义讲，用笔直接与

"骨法"相联系，并通过"骨法"达到"应物象形""气韵生动"的目的。用笔用墨还有形式美的重要问题，这是谢赫"六法论"体系可以包含而未直接论及的。从"骨法用笔"这一命题的语言结构上看，"骨法用笔"一方面已成为一个"固定词组"；另一方面"骨法""用笔"分别来看皆已成为一个相对固定的术语，因此在画学论文中都可以作主语。"骨法"与"用笔"之间的关系，从语言形式结构上看是并列关系，但二者之间实际潜存着因果关系，这就是：贯彻"骨法"必须讲究"用笔"，用笔必须合于"骨法"的原则。

（三）应物象形的内涵

人和物的形象是各种各样的。具象的绘画不论描写什么，对其视觉形象都要求在一定程度上肖似对象。这一要求在"六法论"中就体现为第三法"应物象形"。在"应物象形"这一命题中，作为介宾词组的"应物"是"象形"的客观根据，正如在"按质论价"这一词组中，"按质"是"论价"的客观根据一样。有一种断句法是："应物，象形是也，换成现代汉语就是："应物，就是象形。"这是不合逻辑的，正如"按质，就是论价"不合逻辑一样。"按质"不是"论价"本身，而是"论价"的根据。谢赫认为，对于"六法"，"自古及今，各善一节"，但他对于第一法"气韵生动"却特别重视。因此，他当然要求"应物象形"为"气韵生动"服务；对脱离"气韵生动"的"应物象形"，他是评价不高的。例如丁光的作品，"（在造型上）非不精谨，乏于生气"，所以把丁光放在第六品。他对卫协的评价，明显地表现出对"气韵生动"的重视。卫协的作品，"六法之中，迨为兼善"，这是很少有的。当然，他并没有轻视哪一法的意思。但他进一步分析卫协的作品时说："虽不备该形似而妙有气韵。凌跨群雄，旷代绝笔。"就是说，卫协的画虽然"六法"兼善，但若是要求高一点的话，造型上还不能说达到尽善尽美的程度（"虽不备该形似"），可是由于"妙有气韵"（即有阳刚阴柔之美），还是被评为第一品。同属于第一品的张墨、荀勖，也有类似的情况，其作品虽然"遗其骨法"，而且在"体物"（即"应物象形"方面）也"未见精粹"，但是由于他们的作品"风范气韵，极妙参神"，达到了"气韵生动"的高度，因此谢赫认为他们的作品还是"微妙"的，还是把他们的作品评为第一品。由此可见，谢赫自己创作的人物画，虽然被姚最作了"点刷研精，意在切似。目想毫发，皆无遗失"的高度评价，但他在理论上并不过分重视形似，反而不赞成造型上"乏于生气"的"精谨"。谢赫对形似与"气韵生动"之间的看法，既是汉代"君形"论和晋代"传神"论的继承发展，又为以后的"不似之似似之"论的开创新机埋下了伏笔。

（四）随类赋彩的内涵

中国绘画古称"丹青"，从这一别名中就可看出中国传统绘画是重视色彩的表现力的，只是从唐朝开始，特别是明、清的文人画发展以后，水墨画才逐渐占据重要地位，中国传统绘画才进入"形主色辅"的阶段。晋顾恺之设计的有人物的山水画，有："可令庆云西而吐于东方。清天中，凡天及水色，尽用空青，竟素上下以映日"；画有五六块"紫石"：悬崖是七色的丹崖；还画有"羽秀而详"的凤鸟……可以想见那是一幅五彩缤纷的山水画。顾恺之在瓦官寺所画的壁画，也绝对不是单色的。宗炳《画山水序》讲"画象布色"，形色并举。谢赫评顾景秀有云："赋彩制形，皆创新意。"把着色与造型并列。在那时把"随类赋彩"作为六法的第四法，是理所当然的。由于工具材料以及社会观念的原因，传统中国绘画的色彩多用固有色，有时用色也强调画家的主观感觉和情调的表现，但不太重视客观环境色，这是历史的实况。因此，谢赫关于用色法则的命题是"随类赋彩"，就是主张按照所描写对象本身的多种多样的固有色彩进行赋彩。但这也不是绝对的，由于工具材料的原因中国古代绘画不可能达到对象固有色的真实，何况，对于中国画家也不必着力追求这一点。既然按照"六法"的体系，"气韵生动"处于优先的地位，"随类赋彩"当然要以表现"气韵生动"为原则；既然"骨法用笔"是传统中国画的重要特点，"随类赋彩"就不能压倒"骨法用笔"而喧宾夺主。因为在中国画中，"应物象形"服务于"气韵生动"并以"气韵生动"为最高目标，因此古代中国画家肯定对色彩的运用也会采取灵活多变的方法。时代在发展，世界艺术在不断交流，色彩在中国新型绘画中的地位将会上升的这一预测很可能成为事实。

从中国绘画的色彩历史可以看出，中国画家在使用色彩的时候从来不拘泥于他们眼中所见物象的色彩，从来不只是用色彩来表现物象的外在面貌，中国的绘画色彩有某种很强的内在自律原理在支配着它的使用原则，这就是中国的哲学色彩论。中国的哲学色彩论可以说是一种相当主观的色彩学理论，也可以说是一种人本主义的色彩学理论，尤其是当这种理论被纳入中国古代阴阳五行学说之中从而获得深重的文化背景之后，中国的哲学色彩论就成为代表东方文化精神的色彩体系了。大约是在汉代时补入《周礼·冬官》的《考工记》说："画绘之事，杂五色。东方谓之青，南方谓之赤，西方谓之白，北方谓之黑。天谓之玄，地谓之黄。青与白相次也，赤与黑相次也，玄与黄相次也。青与赤谓之文，赤与白谓之章，白与黑谓之黼，黑与青谓之黻，五彩备谓之绣。土以黄，其象方，天时变。"五行相生相克的原则本来是古代哲学中解释宇宙万物流衍变化生生不息的理论模式和相生相克的原则，也就给画中色彩的使用提供了理论的支持。因此，5世纪时谢赫提出的"随类赋彩"一说，很可能不是如后人把"类"字解释成"物"字，把"随类赋彩"解释为"随物赋彩"，而是根据五行相生相克的原则，根据五行分类的生克制化原理来使用色彩。这一点如果参考古人留下来的作品可以得到旁证，因为实际上，直到10世纪的北宋时代，在院体画家的写实主义作风鼓励之下。"随物赋彩"才开始成为可能，而在此之交哪怕是鼎盛时期的隋、唐时代，绘画的色彩也只是一种理想主义的、与客观物象有着相当距离的主观色彩。这种看起来与自然物象关系不大、理想主义作风浓郁的色彩恐怕不是随意敷染而成的，其理论的依据，可能要追溯到《考工记》以"文、章、黼、黻、绣"为标志的相生原则和以"相次"为标志的相克原则中去。除了两宋院体画家在短暂的写实主义作风笼罩之下，少数人曾经做到"随物赋彩"

这种真正描摹自然物象外在色彩的写实手法之外，大多数时代的大多数中国画家，实际上都是哲学色彩论的支持者和实行者。唐代以前是这种理论的成熟时期，有大量的传世作品可以作为例证，唐代以后，则是这种理论的派生时期。

（五）经营位置的内涵

"经营'作为一个动词，在"六法"中有构思、立意、布局等几方面的意义。绘画创作是动脑筋、显智慧、抒情思、靠技巧的事，但首先必须构思。谢赫评陆探微首言"穷理尽性，事绝言象"，不构思如何"穷理尽性，事绝言象"？构思包括立意，即设想通过形象而表现什么思想感情与发挥什么功能。谢赫评张则云"意思横逸"，评刘绍祖"不闲其思"，都说明构思立意的重要性。但构思立意必须通过布局、章法来体现，这就是"经营位置"的直接字面意义。广义的布局即广义的"经营位置"，包括构思立意，并服从构思立意。布局涉及众多物象在画面上的位置和相互之间的关系问题，包括宾主、虚实、布线、色块的安排问题。而且布局也有一个贯气、多样统一的问题。张彦远说"至于经营位置，则画之总要"有一定的道理，但不确切。"气韵生动"才是画的"总要"。确实，"气韵生动"的表现，真实形象位置的安排，画上色块的分布，墨线的交错，宾主、虚实、对比、调和、多样统一诸形式美法则的运用，莫不属于布局的范畴。也许因此张彦远才说："至于经营位置，则画之总要。"说得有理而带片面性。而当今某些研究者，用新断句法，把"经营位置"的内含仅仅归结为"位置"，那就是脱离"六法"第五法的本义了。

（六）传移模写的内涵

对第六法"传移模写"的内涵，研究者们颇有争论。我们认为，应当从继承传统、临摹古今范画以及对人对物写生这三方面来理解"传移模写"的基本内涵。众所周知，模仿古人或今人的范作，是学习绘画的门径之一。在印刷术未出现的古代，仿制前代留下来的有价值的绘画作品，供人赏用，具有发挥绘画作品的社会作用的实际意义。从更重要的意义上看，继承、师法、吸收和发扬绘画的优秀传统，既是画家提高画艺的需要，也是画家弘扬民族文化艺术所应尽的义务。"模写"一方面是指模仿具体绘画作品，以加深理解绘画传统并提高画艺；另一方面对人对物写生也是模写。一定的"模写"能力和水平是任何画家都必须具备的。临摹仿制古今优秀范画，显然有助于提高"骨法用笔""应物象形""随类赋彩"的能力，也有助于布局能力的提高和"气韵生动"的表现。但是，第三法"应物象形"的能力，必须靠对人对物直接写生或凭借观察记忆作画的实践来提高。姚最曾说谢赫"写貌人物，不俟对看，所须一览，便操笔。"可见，那时也有画家对着人或物进行写生的。谢赫有写生能力和形象记忆能力，因此才"不俟对看"。谢赫是不会反对"对着景物对着人物写生"的。"模写"就可能既包括临摹的"模写"，又包括写生的"模写"。从思维逻辑上看，谢赫把"传移模写"定为"六法"之一，作为评画的第六条标准，评画时当然也要用到它。很可能，谢赫评画也要评画家继承、发展传统的能力，以及临画的能力和写生的能力。这些能力在他所评的画上是应当看得到的。如果"传移模写"只是为学习传统而设，他就不必把它作为"六法"之一了。张彦远曾武断地说："传移模写"乃画家末事，实际上否定了第六法作为一条标准的理论价值，他在这方面有所误解。谢赫不赞成画家只会"移画"，即只会临摹而不会写生。这又反过来证明"传移模写"的内涵不止于继承传统的临摹，也应包括对人对物模写的能力。当今画家在评画时，既会说"有传统"，"师法某某某，青出于蓝而胜于蓝"，也会说"造型能力不错"，等等。这实际上就是把"传移模写"作为评画的一个标准了。宋代画论家用了"传写"和"传模"二语，颇值得思索。郭若虚《图画见闻志》简介画家龙章时云："京兆栎阳人，工画佛道人物，兼工传写，尤善画虎……""传写"指的显然是一个特殊的画种，就是"画肖像画"。此书特辟《独工传写者七人》一节，对七人画作评价如下："牟谷，不知何许人。工相术，善传写，太宗朝为图画院祗候，端拱初诏令随使者往交趾国，写安南王黎桓及诸陪臣像……高太冲，江南人。工传写，事李中主为翰林待诏，尝写李中主真，得其神思……尹质，蜀人。工传写，尝写燕王真，颇蒙顾遇……欧阳黉，京师人。工传写，宗侯贵戚，多所延请。其艺与僧维真相抗，余无出其右者……僧元霭，蜀人。自幼入京，依定力院轮公落发，妙工传写，为太宗朝供奉。一日在禁中传写，为一小黄门毁辱，遍问同列，无肯言其姓名者。乃草一头子，怀之见都知李神福，诉以毁辱之事，神福曰：'小底至多，不得其名，谁受其责？'霭乃探怀中所草头子示之。李一见嗟曰：'此邓某也（亡其名），何其仓促之间，传写如此之妙。'（按：可知是对人画速写。）因召邓责诮，伏过而去……僧维真，嘉禾人。工传写，尝被旨写仁宗、英宗御容，赏赉殊厚。元霭之继矣。名公贵人，多召致传写，尤以善写贵人得名……何充，姑苏人。工传写，擅艺东南，无出其右者"按："传模"一词，内涵不同于"传写"。该书卷五《故事拾遗》一节对刘彦齐的画作评介一条，用了"传模"一词。说："梁干牛卫将军刘彦齐，善画竹，为时所称……借贵人家图画，臧赂掌画人私出之，手自传模。其间用旧裱轴装治，还伪而真者有之矣。其所藏名迹，不啻千卷。每暑伏晒曝，一一亲自卷舒，终日不倦。能自品藻，无非精当。故当时识者皆谓唐朝吴道子手，梁朝刘彦齐眼也。"——此处的"传模"，显然专指临摹（或包括拓模）优秀画作。邓椿《画继》评介智永，成都四天王院僧。工小景，长于传模，宛然乱真……"从"宛然乱真"句，可知邓椿亦将"传模"用作模仿拓模已有画迹的活动。同书也特辟《人物传写》〈一〉评介的第一个画家是李士云，说："李士云，金陵人。传荆公（按指王安石）神，赠诗曰：'衰容一见便疑真，李氏挥毫妙入神。欲去钟山终之忍，谢渠分我死前身。'……"又介绍画家徐确说："不知何许人，今居临安，供应御前传写，名播中外。"

根据以上材料，可以得出以下明确的结论："传模"是临模已有画作，"传写"是对人写生特别是画肖像画。"传移模写"是"传模"和"传写"的合称。

三、"六法论"的理论体系

谢赫［图38］的"六法论"是一个具有美学纲领性质的画学理论体系。这个体系由六个相对独立又具有内在联系的四字一句的画学命题所组成。其中运用了当时常用的诸如气韵、神韵、风采、风骨、情韵、神气、生气、风骨、雅媚、骨法、象形、意思、用笔等具有时代审美特色的范畴概念。以先秦开创的太极阴阳对立和谐统一辩证观和综合与分析相结合的思维方法为哲学基础，总结了顾恺之、宗炳等画论家的理论成果，并对后代的张彦远、郭若虚、郭熙、石涛等的画论体系产生了重大的影响。正如郭若虚的那个稍带夸张的说法："六法精论，万古不移。"注三十

任何美学、画学体系，皆一体而两用："六法论"体系既是评论家评论绘画所运用的六条依据和标准，同时也是画家创作所遵循的六个法则和原理。

绘画作品和绘画创作具有统一的、一般的本质和规律，这是"一"，这个"一"又是由各种具体的因素、成分、方面所组成，因此这"一"又是可分的。一分为二，即是阴与阳、艺术与自然、画家与艺术、气与韵、刚与柔、美与丑、形与神、象与意、形与色、情与景、创作与鉴赏……一分为三，即天地与人，自然、画家与作品，形、神与与意，真、善与美，传统、时代与个性……一分为五即水、火、木、金、土五行，写形、传神、达意、抒情、求美……一分为六用在"六法"论上，就是成为气韵、骨法、象形、赋色、布局和传写六个概念，加上判断语就构成气韵生动、骨法用笔应物

图三十八：谢赫《古画品录》

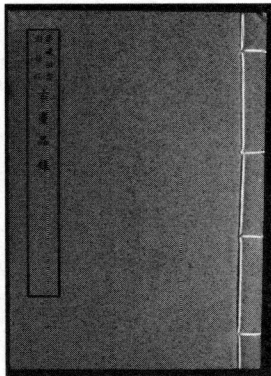

象形、随类赋彩、经营位置和传移模写这六个命题和准则。

"六法"每一法之间的内在联系如何？回答是："六法"中的每一法，虽然相对独立，各自把握评鉴与创作的某一个方面，但每一法并不独霸一方、各自为政，而是由"气韵生动"从总体上掌握全局，其他五法则在完成自己本身任务并互相联系的基础上，为达到"气韵生动"的总目标服务。"骨法用笔"解决为整个画面运用笔墨、树立骨架的问题，以便"气韵生动"的绘画大厦具有坚实的骨架。"应物象形"解决画面物象造型所需的真实性的问题，形中贯气，以形写神，以便达到以气韵为主，以生动为艺术性，要求形气、形神、形韵、形意、形情、形境兼备，融为一体。"随类赋彩"在解决"骨法用笔""应物象形"的基础上，使色彩能够表现不同物象甚至环境的色彩并具有抒情性，最后要求赋色有助于"气韵生动"的表现。"经营位置"要求画面上物象之间各得其位，有宾主、虚实、对比、调和等变化，要使各物象之间联成一气，成为一个完美的多样统一的和谐整体。"传移模写"，要求把继承与发展、临摹与写生统一起来，带动"应物象形""骨法用笔""随类赋彩"和"传移模写"而使各个形象及其关系乃至和整个画面仍达到"气韵生动"这一最高标准和境界。

第二节　写意雕塑"一画"之界

一画有其精神层面，亦有其技术层面，在我看来，凡是以一画之法为之的艺术即为写意之艺术。

一画论是中国文化、艺术蒙养的结晶。

一、精神内蕴

太朴——"太古无法，太朴不散。"[注三十一]道家哲学概念，指原始、自然、浑沌未开的存在。《老子》说："朴散而为器。"[注三十二]。《淮南子·诠言》说："洞同天地，浑沌为朴，未造而成物，谓之太一。"在这里，石涛从宇宙生成的角度，用它意指"前绘画艺术"时代。

本根——"众有之本，万象之根。"[注三十三]道家哲学概念，指宇宙中万物之所以出者。《庄子·知北游》："恬然若亡而存，油然不形而神，万物畜而不知，此之谓本根。"本和根是同一个意思。《庄子·则阳》："万物有乎生，而莫见其根。"石涛借用这一概念，目的在于说明，在绘画中，"一画"是"万画"中之最究竟者。

神——"见用于神，藏用于人。"[注三十四]《周易》哲学概念，指世界万物的微妙变化。《易·系辞传》："阴阳不测之谓神。"石涛用这一概念说明"一画"在绘画实践中的功用。绘画艺术之所以能够把握天地自然之奥妙、成为通天人的艺术手段，因为它于绘画之中契合着天地自然的微妙变化。

鸿蒙——"此一画收尽鸿蒙之外。"[注三十五]道家哲学概念，指自然之元气。《庄子·在宥》："云将东游，过扶摇之枝而适遭鸿蒙。"把绘画和自然客体联系起来，是绘画通天人的前提。这是石涛把绘画和自然联系起来的又一表现。

道——"吾道一以贯之。"^{注三十六}石涛借用儒家的术语。《论语·里仁》"子曰:"参乎!吾道一以贯之。""在这里,石涛把孔子原意中作为宇宙人生基本道理的"道",转换为贯通绘画艺术的基本道理的"道"。

规矩——"规矩者,方圆之极则也。"^{注三十七}儒家学派用语。《孟子·离娄上》:"离娄之明,公输子之巧,不以规矩,不能成方圆。"把工匠操作的个别概念,提升为普遍性的准则。石涛则从天地运行的角度为绘画法则(规矩)寻找根据,并把天地运行的大规矩作为克服绘画"法障"的前提条件。

法——"所以有是法不能了者,反为法障之也。"^{注三十八}儒、法、墨、佛诸家均使用的术语。或指制度、或指公式、或指事物及其概念。石涛在此指绘画的规律、技法,用它和"无法"(艺术创造的自由)相对待。在《画语录》中,石涛取"法"的佛学含义,强调破除绘画艺术的"法障"。

权——"凡事有经必有权,有法必有化。"^{注三十九}儒家用语。《孟子·离娄上》:"男女授受不亲,礼也,嫂溺援之以手,权也。"指绘画中的不囿成法、通达权变。

至人——"至人无法"^{注四十}"故至人不能不达"^{注四十一},道家哲学用语。"至人"为接近世界基础性的"本源"的人,其含义同于"真人"。《庄子·天下篇》:"不离子真,谓之真人。"真人为接近"道"、达到最高精神境界的人,石涛用这一概念特指把握"一画"之法的人。用"至人"称谓把握"一画"之法的人,便使"一画"

之法超越技法，获得了"道""本源"的基础。

受与识——"受与识，先受而后识也"^{注四十二}，佛家用语。"受"指眼、耳、鼻、舌、身、意六根领纳外境所得到的生理一心理感受；识指一切精神现象。《俱舍论》卷四："心、意、识体一"，"集起故名心，思量故名相，了别故名识。"^{注四十三}石涛用受和识说明绘画艺术中审美体验和审美意识的作用，并引证《易传》"天行健，君子以自强不息"，意谓人应该效法天象、发愤图强，有所作为，来强调获得审美体验的重要性。

蒙养——"墨非蒙养不灵"^{注四十四}。《易经》有"蒙"卦乃山水之象。《易·象传》解释蒙曰："蒙以养正，圣功也。"石涛以"蒙养"指称绘画艺术所表现的、天地自然的内在生命力。

氤氲——"笔与墨会，是为氤氲；氤氲不分，是为混沌。"^{注四十五}《易·系辞下》："天地氤氲，万物化醇。"指天地之间阴阳二气交织缠绵的状态。石涛用笔和墨的交织缠绵，同和天地氤氲，和其用绘画描绘造化之神的基本观念相一致。

参天地之化育——"以一画测之，即可参天地之化育也。"^{注四十六}儒家用语。《礼记·中庸二十二章》："惟天下之至诚，为能尽其性，能尽其性，则能尽人之性，能尽人之性，则能尽物之性。能尽物之性，则可以赞天地之化育，可以赞天地之化育，则可以与天地参也。"在石涛看来，可以用"一画"和天地生生不息之造化相交通。

无形、无迹——"受事则无形，治形则无迹。"^{注四十七}道家哲学用语。《淮南子·诠言篇》："圣人者……藏无形，行无迹，游无朕……

故圣人掩明于不形，藏迹于无为。"无形无迹本义指处事自然、处世虚静、精神达到无为的境界，石涛用它来描述艺术创作的自由状态。

无外、无内——"放之无外，收之无内。"^{注四十八}道家哲学用语。《庄子·天下篇》："至大无外，谓之大一；至小无内，谓之小一。"石涛指用"一画"之法可以把无穷大的整体空间和无穷小的空间单位收纳在内。

从语词和世界的语境关系说，用法即意义。石涛从中国传统文化中撷取概念，从绘画美学和艺术理论的角度使用它，就是要用"一画"贯通天地，表达自然的内在生命。作为绘画创作的主体，画家要达到"至人"的水准，实现绘画创作的"无形、无迹"，即完全的自由状态。

因此，从哲学和文化的角度看，石涛的绘画美学和艺术理论以中国传统文化观念为基础，是中国传统文化思想在绘画艺术领域的延伸。

二、道近乎于技之技

我自用我法——构图法、写景法

石涛说："写画有蹊径六则：对景不对山，对山不对景，倒景，借景，截断，险峻。此六则者须辨明之。对景不对山者，山之古貌如冬，景界如春，此对景不对山也。树木古朴如冬，其山如春，此对山不对景也。如树木正，山石倒，山石正，树木倒，皆倒景也。如空山杳冥，无物生态，借以疏柳嫩竹，桥梁草阁，此借景也。截断者，无尘俗之境，山水树木，剪头去尾，笔笔处处，皆以截断，而截断之法，非至松之笔莫能人也。险峻者，人迹不能到，无路可入也。如岛山渤海、蓬莱方壶，非仙人莫居，非世人可测，此山海之险峻也。若以画图险峻，只在峭峰、悬崖、栈道崎岖之险耳，须见笔力是妙。"（《蹊径章第十一》）

六则"蹊径"就是六则开拓山水画意境的窍门，它的审美价值表现在以下几个方面。

第一，景和山：背景和前景的对比。"对景不对山"即山是背景，景是前景。"对山不对景"，景是背景，山是前景。山岿然不动，能够使鸟兽繁衍，财用增值，它是"形体"；景有四季变换，有草木的枯荣、烟云的卷舒，它是"毛发"和"神采"。山之古貌如冬，景界如春，则如枯枝之新芽，给景界增添不少生致；树木古朴如冬，其山如春，则于神采的荒寒中显示自然内在生机和活力。石涛那里，山和景的对比关系，是在物象和物象的对立和矛盾中，通过突出某个侧面的物象，以充分显现大自然的盎然生机。这种对比的价值，现代心理学从"图—底"关系角度进行的解释是有启发性的，在视知觉活动中，冬和春作为前景和背景不断交替，而升发出情感体验。

第二，树和石：性格精神的相互映衬。这里的"倒"和"正"，是相反相成的辩证统一。在山水画的画面布局上，山石和树木不是外在排列在一起，石涛强调它们之间内在精神的统一性。自然的生命，根据黑格尔的思想，是艺术家精神映照的结果。黑格尔说："自然美只是属于心灵的那种美的反映，它所反映的只是一种不完全不完善的形态，而按照它的实体，这种形态原已包含在心灵里"^{注四十九}。

"中国艺术家，把这种映照作为客观存在，更注重从静观、"无我"的角度看待自然。宋代的郭熙，已经把山水作为生命的有机体来对待。"注五十。石涛认为，景观之间内在生命精神的统一，要体现在绘画艺术中。具体来说，就是把郁郁葱葱的树木作为山石"精神"的显现，把嶙峋峥嵘的山石作为树木"性格'的写照。山石本无生命，然而写树木之华滋，却能显现山石之生趣；树木本无性格，然而写山石之嶙峋，却能展现树木坚忍顽强的个性。在这里，石涛是从绘画的"蹊径"中，具体到山、石的描写来说明山水画的审美创造。《画语录》强调"倒景"是创作山水画的一则"蹊径"，是石涛的眼力过人处。

在石涛［图39］看来，绘画艺术要体现景观整体的统一性，可以使用"移花接木"的典型化手法。如若对景写生，此处原是空山一座，寂无人烟，以"借以疏柳嫩竹，桥梁草阁"来点缀此景致，能收到生趣盎然、境界全出的效果。在里，空山是现象客体，它缺乏生命感受，而疏柳嫩竹却画龙点睛地把它活化，在大（空山）和小（疏柳嫩枝）、荒疏和清新的关系中开拓山水的境界。其中空山因生命意象、作为人类活动之"迹"的桥梁草阁的存在，不再是消极的荒疏，而接近于有生命的"荒寒"境界；疏柳嫩竹、桥梁草阁因荒山的背景，更见出生命、人类活动的广阔延展空间。因此，在石涛那里，景观之间不是外在的组合关系，而是在组合关系中渗透着境界拓展和生命的感怀。

第三，有和无：截取山水而生意境。画家不仅可以有机地安排

图三十九：石涛

景观，实现生命的感怀，而且还可以运用特写手法，大力删除那些枝枝节节的非本质的东西，集中笔墨写景物的某一具有本质意义的层面或侧面，以突出山水树木的意蕴生趣，显示画家创作的自由性。为此，石涛提出了构图的"截断"法。

宋代郭熙说："千里之山，不能尽奇；万里之水，岂能尽秀？太行枕华夏而面目者林虑，泰山占齐、鲁而胜绝者龙岩。一概画之，版图何异？"（《林泉高致，山水训》）因此，在创作山水画时，必须有所取舍和美化，截断就是一种取舍的方法。截断的目的是为创造出一种非同一般的境界，把杂乱的、多余的、不美的东西"截"去，留下入画的、合适的、美的东西。石涛认为，构图中的"险峻"，也是截取景观的结果。如想写那种。"非仙人莫居，非世人可测"的理想化的险峻山水，必须对现实生活中的山水景致进行精心剪裁，大胆取舍，然后运用典型化手法，将那些可以集中体现山川之险峻的物象，例如悬崖陡壁间的栈道等，巧妙地安排在画面的适当地方。这种手法的运用，"须见笔力是妙"，需要丰富的想象力和厚实的笔墨功底。在描写实际上丰富多彩的真山真水时，画家在观察、分析、研究的基础上，对所描写的自然景物要进行选择、提炼和加工。他说："吾人之任山水也，任不在广，则任其可制；任不在多，则任其可易。非易不能任多，非制不能任广。"（《画语录·资任章第十八》）就是说，画山水画不能把所有的山山水水都搬到画面上来，必须有所取舍剪裁；也不能什么都想表现，必须提炼加工。不提炼加工，表现就不会充分深刻；不取舍剪裁，表现就达不到简练概括的目的。石涛说,在山水画创作中,采用此手法,需要一定的笔墨功力,所以,需要用笔的"至,使画面达到空明疏朗,实现境界的创造。如若一味求实,画面密不透风,就会给人以窒塞沉闷的感受。

"截断"是一种手段,把自然物象中"美"的,即符合艺术家创造理念的成分和因素提取出来进行组合、表现,在这种组合和表现中为想象留下空间,引发人的无限遐想。滕守尧在论述"形"的不完全发展时说:"在中国绘画中,则表现为部分与部分之间大块一无所有的空白。从技术原因看,这是为了突破某些艺术媒介的限制,取得以少胜多,以一当十的效果。中国传统的山水画,就是因为有了空白,才为那些有限的形装填了宇宙般的广阔无垠性,从而大大提高了作品的审美效果。"注五十一。石涛在用"截断"的构图法时,虚实结合,善于运用空白,避免了紧促闷塞,这样更能使画面上的景物集中、突出和明豁,使人有疏松开朗之感。这种理念体现在石涛的艺术创作中。石涛在小幅作品里,布置的景物常常并不多,并且都集中安排在画面的角边,其余大片都是空白,使画面景物形成强烈的虚实对比,给人以新异奇特的感觉。不过,他在大片空白处,仍然适当地点缀一些小景物,使画面主次分明,又加强了章法的多样统一性,使画面由不平衡达到平衡。他在大幅的作品里,章法往往布置繁密,景物较多,但在较为塞实的地方,仍然留下一些空白,使人感到透气,以达到新奇、空灵的效果,实现绘画艺术的意境创造。

清代笪重光从审美创造的角度说明皴法："盖山容凭皴淡以想象，无泥皴淡而著其伪；树态假点抹以形容，勿拘点抹而忽其真。钩之行止即峰峦之起跌，皴之分搭即土石之纹痕……虚白为阳，实染为阴。山坳染重，端因阴影相遮；山面皴空，多而皴圆。麻皮虚脚而山空，兼让长外之得致；钉头露额而石豀，又资丛树以托根。"注五十二

石涛的《画语录》没有辟出专章论述"点"，他在题画文中对点的论述很重要，是他关于布局章法的深化、微观化。石涛认为，他的"点"不同于画谱上程式化的"点"，而是有更高的审美价值。他说："点有雨雪风晴四时得宜点；有守正阴阳衬贴点；有夹水夹墨一气混杂点；有含苞藻丝璎珞连牵点；有空空阔阔干燥没味点；有有墨无墨飞自如烟点；有有胶似漆邋遢透明点；更有两点，未肯向学人道破：有没天没地当头劈面点；有千岩万壑明净无一点。噫！法无定相，气概成章耳！"注五十三

在中国艺术中，无论是点、线、面，都不是几何学意义的、外在的、抽象的形式，而是关涉到自然生命、有生命意味的。石涛对"点"的论述，不同于古人的形式追求，就是这种生命意味的深化，它和"一画"之理相贯通，韩林德先生进行了精辟的分析："在特定的艺术传达活动中，'点'的运用不应有死板的模式和固定的框框，而应'气概成章，亦即充分发挥审美素的能动作用，当画家刹那间进入情景交融、心物一体的浑化之，即兴放笔直落于画面上的那个'点'，将自然而然地符合于艺术美创造的基本法度（成

'章')。"^{注五十四}这就是艺术创造的自由，是石涛论述"点"的落处。

注释

【注一】《中国哲学大纲》［M］．中国社会科学出版社，1982：39.

【注二】《中国哲学的诠释与发展》［M］．：430.

【注三】《孟子·公孙丑上》。

【注四】《文心雕龙·养气》。

【注五】吴调公．《中国美学资料类编，文学美学卷》［M］江苏美术出版社，1990：558-560.

【注六】（《诗薮》内编卷四，上海古籍出版社）

【注七】（《诗薮》内编卷四，上海古籍出版社）

【注八】钱钟书．《管锥编》［M］．第四册．：1357.

【注九】《画继·杂说》。

【注十】滕固《气韵生动略辨》，《百年中国美术经典文库》第一卷。

【注十一】《乾，象传》。

【注十二】《物色》。

【注十三】《体性》。

【注十四】《定势》。

【注十五】《情采》。

【注十六】《比兴》。

【注十七】《物色》。

【注十八】《知音》。

【注十九】《文心雕龙·隐秀》。

【注二十】《周易·象》。

【注二十一】《周易·象》。

【注二十二】《邓以蛰美术文集》。

【注二十三】《西湖论艺》[M].（1）.：204.

【注二十四】《潘天寿谈艺录》。

【注二十五】《听天阁画谈随笔》[M].：28.

【注二十六】《潘天寿论画笔录》[M].：122-123.

【注二十七】《潘天寿论画笔录》[M].：121-122.

【注二十八】《王维吴道子画》。

【注二十九】《图画见闻志》卷一《论用笔得失》。

【注三十】《图画见闻志》。

【注三十一】《一画章第一》。

【注三十二】（第二十八章）。

【注三十三】《一画章第一》。

【注三十四】《一画章第一》。

【注三十五】《一画章第一》。

【注三十六】《一画章第一》。

【注三十七】《了法章第二》。

【注三十八】《了法章第二》。

【注三十九】《变化章第三》。

【注四十】《变化章第三》。

【注四十一】《脱俗章第十六》。

【注四十二】《尊受章第四》。

【注四十三】《哲学大辞典中国哲学史卷》［M］. 上海辞书出版社，1985：356.

【注四十四】《笔墨章第五》。

【注四十五】《氤氲章第七》。

【注四十六】《山川章第八》。

【注四十七】《脱俗章第十六》。

【注四十八】《兼字章第十七》。

【注四十九】《美学》［M］. 第一卷. 商务印书馆，1979：5.

【注五十】陈传席.《中国绘画美学史》［M］. 上册.：262.

【注五十一】滕守尧.《审美心理描述》 ［M］. 四川人民出版社，1998：106.

【注五十二】俞剑华.《中国古代画论类编》［M］，：815.

【注五十三】俞剑华.《中国古代画论类编》［M］，：816.

【注五十四】韩林德.《石涛与（画语录）研究》［M］，：173.

下篇　诗意的栖居

中国雕塑之不同于西方雕塑，中国雕塑之不同于印度雕塑，

盖因中国哲学之不同于西方哲学，

中国历史各王朝时期雕塑风格之差异系各时期哲学支流的兴

衰有别而已，所谓魏晋尚玄、强秦尚法，但中国之雕塑始终

为中国雕塑。所谓诸子百家十类皆道也。

中国雕塑之同于西方雕塑，中国雕塑之同于印度雕塑，

盖中国中国人之情感、西方人之情感、印度人之情感亦即为

全人类之情感。人类之情感安能别外有它！

天工开物

原创性就是回到源头。

——建筑师高迪（Antonio Gaudi）

什么叫原创？就是没有被发现的抄袭。

——神学家英格（William R. Inge）

向外看的人在做梦；向内看的人可以觉醒。

——荣格

一、放下自我

美国陶艺家理查兹（M. C. Richards）说："在所有艺术之中，我们只是学徒；真正的大艺术是我们的人生。"，日本动画大师宫崎骏获得威尼斯影展终生成就奖时，记者问他电影中所有奇幻人物的灵感来自哪里？他说，他们都是他日常生活中的人物。

是的，艺术源于生活。生活才是艺术的原始材料，你的艺术之花需要你自己井里的水来浇灌，别人帮不了你，水多水少那是你长年积蓄的结果，所谓"读万卷书，行万里路"也就是蓄水而已。或许，人生之中还真的存在荣格所言之"集体无意识"，它潜藏于意识的冰山之下，与它为邻的没准就有潜意识。无论你赞同不赞同，对于一个艺术工作者，这已是绕不过去的一座山了。

有着各自人生的人类有共同的源泉吗？"集体无意识"或许是其一，还有其他吗？

佛家认为，人有"八识"：1. 眼识——眼睛——色（形象）；2. 耳识——耳朵——声（声音）；3. 鼻识——鼻子——香（香臭之气）；4. 舌识——嘴巴——味（各种味道）；5. 身体——皮肤——触（感受冷热痛痒）；6. 意识；7. 末那识，又叫污染识；8. 阿赖耶识。在此八识中，有一个共同的心识，决定着前五个心识的取舍与认识作用，那就是意识。

佛法用八种意识来说明人心的运作方式。前面五意识就是感官意识，包括视觉、听觉、嗅觉、味觉和触觉。第六意识就是一种单纯的觉察能力，也就是在前面五识感受到事物时的觉察力。第七意识是接下来一刹那间所发生的事：纯净的觉察和心中其他的概念思维连结，这就造成思想，外在的事物对个人开始产生意义。这是好恶形成的时候，这时情绪附着在感官之上，为什么叫"污染识"？意思是它是总结前六识所摄取的外境与感受，长久记忆并保存的地方，诸如恩怨、忧喜、爱恨、善恶、好坏等，所以也油然使人有贪、嗔、痴、邪见等心意的永久执著，有人便称这些执着为"心魔"，这就是在贴伦理的标签了。第八意识叫作"阿赖耶"，是一个神秘而庞大的储藏室，"印象的存放处"，这就好比我们心中计算机的档案柜，是艺术创意神秘泉源之所在。在不同的智慧体系中，这神秘泉源有不同的面貌、不同的名称。荣格（C. G. Jung）所谓的"集体潜意识"，道家的"道"，佛家的"佛性"，基督教的"上帝"，甚至基因密码中最原始的共同基因。从早于苏格拉底的古希腊哲学家赫拉克利特（Heraclitus）的 Logos（"宇宙精神""内在的原理"）到单纯的"自然"一词，这些名词同样指向不可思议的创意力量，甚至宇宙本身的创造都涵盖在其中。虽然这些概念有些不同，但相同的是，不管怎么称呼它，艺术家是通过这个泉源才展现出创意活动，人和这泉源互动来创造创意，呈现作品。它是神秘的也是混乱的，然尼采说："你的灵魂中必须充满混乱，才生得出一颗舞动的心"。

于是我们要关心的并不是神秘的第八识，而是第六识和第七识之间的互动。通常，其中的转换在刹那一瞬完成。在佛法的解释中，我们的心执着于自我的概念。越是执着，接触外界事物的时候越快将事物和自己连结，将事物和自己的好恶，以及预设概念连结在一起。我们本能上想将所见之物据为己有，这不是强盗行为，而是我们在概念上忙着将自己附着在所见的物上，让心与物黏在一起。因此，所有人、事、物不再是人、事、物本身，都黏上了我们自己的概念。

我们的课题是：如何拉开第六识和第七识之间的裂隙、空间，让第六识纯粹的觉察停留，不要变成第七识的立即反应、贴标签、情感附着等；又如何延长这个时间，让好恶、正面或负面的偏见无法立即作用？

为达到这个目的，必须放下自我，放下才会有创意。这样听起来可能有些矛盾，因为传统观念中，有创意的人、艺术家，总是很自我。但事实上不然。真正的艺术家懂得放下自己，才能找到作品。放下就是延长"纯净觉察"——看见事物的原貌——产生"赋予觉察意义"之间的空间，让我们自由地看待世界，解放世界原貌。当这个裂隙拉长、空间拉大，心的空间就扩大了。

放下自己，学会"看"，正是"放下"对自我的执着。

只要一件事物被解放，它就可以在我们心中自由浮动。只要两个以上的事物被去标签，它们在解放中就有结合、产生新意义的可能性。

在这扩大中，事物、概念、创意点子，都得到机会自由飘动、互相连结。这些自由的关系是创意的潜在能量。

阻挡创意的是惯性概念。人类的主要问题就是心永远朝向外。我们迷恋外界，追求外在的一切，但是如果要培养创造力，外界事物必须和内在的关怀连结，这也就是为什么必须在心中创造空间。

在现代艺术中，如达达和超现实主义艺术家曾做过许多大胆的实验，重新改变感官体验事物的方式，改写了现代美术史。他们试着用"自动写作"的方式即兴创作，或将自己催眠，在催眠状态下写作。他们发明拼贴艺术，用身边现成的事物组合拼贴。对于观看的人来说，这是一种新的挑战，挑战我们是否放下预设立场、预设概念，重新体验这些事物，以及它们之间的关系。

玛格丽特（Rene Magritte）的绘画经常将熟悉的事物放在陌生的环境中，法国面包飘浮在空中，苹果大到占据整个房间等，这些都在挑战我们既有的标签。在一幅烟斗的画上，他还贴上"这不是烟斗"的标签，直接挑战观看的人如何看的方式。

当主观接收器变了，客观世界也就变了。于是对于观看的人来说，宇宙也就以无限的可能性在我们面前展开。这种观点已经不是艺术或心灵领域的观点，而是渐渐成为科学的中心观点。现代物理的基础观念认为，事物的定义并不是一种客观事实，而是许多关系之间的组合。随着观点的转移，事物的定义也跟着转移。

我们要培养看见事物原貌的能力，尽量延缓贴标签的时间，这就是改变"如何看"的核心方法。如果能去掉日常事物的标签，我们就有能力去掉更复杂事物的标签与概念，好比说人际关系、组织，甚至概念本身。当心中没有偏见，是开放的。当我们没有偏见，一切孕育在事物之内的可能性都会显现，任何事物都能顺利和其他事物连结，自然就能产生创意。

二、进入当下的世界观

你对生命的看法如何？你认为人应该怎么活？艺术的位置何在？暴力的意义是什么？自由的意义是什么？宇宙有其他生命吗？痛苦在生命中的意义是什么？人生的目的是什么？

对诸如此类问题的解答涉及一个"世界观"的问题，世界观是基调，是一个人的信仰、看世界的观点。对于成熟的艺术家来说，任何感知都必须经过世界观的过滤。或许你会认为世界观将一切加以定义、贴上标签，但是如果没有世界观，任何感知都可以未经处理就涌进来，在心内任意安置。

谈到世界观，我要很小心地说，绝对不是规定每一个人必须拥抱某种现存的宗教，我甚至没说个人世界观必须认为生命有结构或意义。虚无主义也是一种世界观。如果你相信生命是一场混乱，如果这个结论是通过长时间的细心观察与思索，而你的观点稳定，不会因情绪而浮动，我会认为这是一个可以被接受的世界观，同时这个世界观也可能成为艺术路途上很有利的燃料。相反的世界观，认为一切都有秩序及道理，同样也能成立。在建立世界观的所有问题中，最重要就是对"死亡"的看法。这是现代社会经常回避的话题，但世界观能否形成，和能否回答这问题有密切关系。对死亡有看法，对生命才可能有看法，有了终极价值，创意才有意义。没有细心思索这问题，无法建立世界观。缺乏稳定的世界观你的作品可能新奇、引人注目，但连结不到更大或更深的观点，终究留给观众短暂而缺乏深度的印象。

从 20 世纪 90 年代开始，中国的前卫艺术开始从现代主义形态向当代形态进行转化。现代主义艺术关心的是审美问题：语言、形式、材料、个人样式，等等；当代艺术关心文化问题，它强调艺术与当代文化的对应关系，强调艺术的文化批判立场和针对现实社会的问题意识。于是，中国当代艺术是谁的艺术？只有基于自己社会学基础的当代艺术才是自己的当代艺术。许多当代艺术家在他们的创作中关心生态、关心环保、关心女权、关心吸毒、关心艾滋病、关心社会暴力，等等。这些固然重要，但是在感觉上，他们的出发点多少有点和"国际接轨"、与国际同步的意思，既然是"中国"

的当代艺术，那中国当代最紧要的问题到底是什么问题呢？很显然，是农民问题、是农村问题、是深化改革的问题。

三、做你自己

有些事情，在做之前必须学会，这些事必须靠"做"才能学。

——亚里士多德

如同胃口随着吃的动作而增加，同样地，工作本身带来灵感。

——音乐家斯特拉文斯基

一个真正的艺术家必须同时拥有两种个性：激情与放纵（未必表现在外），以及严格的工作纪律。前者用来发展创意构想，后者用来执行创意构想。

一件成功的艺术佳作的诞生，是还需要艺术家更重要的品质的。这就是："艺术家必须主动培养大部分人力求避免的状态——独处。"[注一] 莫扎特说："当我彻底独处的时候，心情不错，就像一人坐马车，或者享受一顿美食之后出去散步，或者深夜无法入眠，就是在这种时候，我心中的创意最容易大量涌出来。"

构思自己作品的时候，不要使用过大的数字，也不能用"一"。"一"不是一个好用的精要数字，因为每一个作品都包含"一"的完整性。如果把自己的作品想成是两块或三块，不管多么复杂，"二"或"三"是容易管理的数字，接着要了解数字的不同含意。

这是一个数字学的问题，"二"的基本属性与"三"不同。"二"的基本属性属于对应、对立、对称；"三"在音乐上属于跳跃的节拍，三拍的音乐会自动舞动而不对称。一个作品的属性是对称、对立，还是舞动、不对称，基本差别很大，有待艺术家自己了解作品的精要数字之后才能做正确的选择。

拿莎士比亚《冬天的故事》为例，这是一部台湾著名导演濑川声写于1610年的戏，1623年出版。《冬天的故事》说的是两位国王之间的恩怨，剧情分十六年前，以及十六年后发生的事，基本上是一部二幕剧。如果要导演这一部戏，要正确地看到它原始创意，必须看到"二"的数字。

细分起来，美的感受包括对形式、色彩、比例、质感以及这一切组合起来总体的感受。一个人如果对外在对象的比例、线条、色彩、质感等，都能判断和经营出超乎常人的美感，这些美丽的形式本身也都对观者只有短暂的吸引力。更深入的美感包含全生命的智慧，将观者带入一种内在的感动。那不是光经营外形就可以做到的，而对外形毫无经营能力，本身在做创意作品的时候就吃亏，最后的作品总会被打折扣。

我们必须两方面加油才行。

创意是发现的旅程。发现就是连结，连结到问题，连结到答案，通过这个过程，一个创意作品诞生了，连结到观众，连结到读者，连结到使用者。创意就是发现可能性，然后再组合和执行这些可能性。如果要有能力创造"新颖和合适的作品"，我们必须连结到各种可能性，要连结到可能性，必须先连结到世界，连结到自己、自己内在的欲望，连结到连结本身。做好连结，我们就像流动的液体，能够穿越屏障，自由行走，发现新的可能性，"合适"目标的一切可能性。

连结是创意思考的关键。创意人必须先连结到自己的生命，进而连结到世界、宇宙，然后世界就会献出它无尽的彩色盘，任我们从事创意活动。宇宙提供无限的可能性，人生的问题与解答提供无限的广度与深度。我们一定要想办法挖掘这一切，因为这就是我们的创意潜能。

创意就是连结与转化——潜意识和意识的连结，目的和方法的连结，个人和社会的连结，作品和观者的连结，以及这一切连结后的化学作用。创意的开始就是一个连结，创意的工作就是发展这些连结。大师毫不费力地找到所有的连结，达成转化。建筑师盖瑞（FrankGehry）有句名言："我不知道要去哪。如果知道，我就不会去了。"这听起来很不合理，但对创意人来讲很正常。整个创作的过程就是要发掘创作的目的。这目的经常是神秘的，一旦被发掘，作品很可能就完成了。当作品完成，创意人可能就没兴趣了，因为欲望的神秘面纱已经揭开，无须再探索。这个连结完成，创意人走向下一个连结。

艺术评论家斯滕伯格（Robert Sternberg）认为创作能力不是有没有的问题，而是一个人要不要的问题。现在就是决定"要"的时候。"要"就是活在一种状态里，让人生中任何遭遇，任何经验，任何情绪、感受，都成为创意的可能材料，而在世间任何事物的运行，都可能隐含创意的秘密。

荣格说："从来没有一个创意作品不是靠幻想力的玩耍而诞生的。我们要对幻想的玩耍致上无量的感激。"画家埃舍尔（M. C. Escher）说："我的工作是游戏，一个非常严肃的游戏。"是的，人生如戏，但如同埃舍尔所说，这游戏非常严肃。

现在就开始，做你自己吧！

就像作家路易斯（C. S. Lewis）说的那样："在文学和艺术的创作中……只要你单纯地努力说出真理（一点都不在乎被说过多少次），你十次之中会有九次具原创性而不自知。"

注释

【注一】作家鲍德温（James Baldwin）

道成肉身（精神承载）

以"天工"为意；以结构为"象"，合为"意象"

天工——构成、动态、表情、文饰、制作。

结构——物自体结构、意向结构。

第一节 生命的屈张

一、中国雕塑意、象、味的智慧

以意境、意象、神味三方面来谈中国古典雕塑，是有着中国文论的理论基础的。

关于意境，一直是中国文艺理论和雕塑创作的核心词汇。王昌龄《诗格》曰："诗有三境：一曰物境、二曰情境、三曰意境。"^{注一}所谓"物境"，指"欲为山水诗，则张泉石云峰之境，极丽绝秀者，神之于心，处身于境，视境于心，莹然掌中，然后用思，了然境象，故得形似。"；所谓"情境"，指"娱乐愁怨，皆张于意，而处于身，然后驰思，深得其情。"；所谓"意境"，指"亦张之于意，而思之于心，则得其真矣。"。推敲其意，其所谓"意境"，是侧重从"意"

出发而言的，其虽与"物境"、"情境"并列，却有综合前二者的意思。其实，"物境"类似于后来王国维说的"无我之境"——所谓"无我之境，以物观物，故不知何者为我，何者为物"。而所谓"情境"和"意境"类似于王国维说的"有我之境"——所谓"有我之境，物皆著我之色彩"。[注二]当然王国维的"境界"说（或"意境"说）还有他自己的独特审美观念和理论创新。王昌龄的"意境"既兼有"物境"和"情境"的含义，实际上已经把"意境"的情景交融的特点，既要"形似"又要含蓄蕴藉（所谓"深得其情"）的特点讲得清楚明白。

在我国古代，意象此一概念最初是从哲学的角度提出的。《周易·系辞上》说"子曰：圣人立象以尽意。"[注三]意思是古代圣人创制物的象和记录语言的文辞，考其目的，实是为了表达人的思想意义。而意象进入文学理论术语范畴，首创之功当是刘勰。《文心雕龙》言"独照之匠，窥意象而运斤"[注四]"意象"指一切悟彻人生的作家能运用笔墨描写想象中的景象。至那以后，这一术语在我国多数文艺理论家使用时得到了不断的丰富和发展，但大抵上还是不出刘勰巢臼。对于雕塑家而言，你的情意需要符合情意的具体雕塑作品来述说。这个作品可以称之为意象，即达意之象。它是雕塑家对客观物象经过创作主体独特的情感活动而创造出来的一种雕塑形象。

而神味更是当代于永森先生对中国的文论理论创新的最新贡献，也适用于古典雕塑史范畴内的艺术批评。

在中国的文学作品里，那是词讲"词味"，诗讲"诗味"，小说讲"奇味""异味"，戏曲讲"趣味"，书法讲"韵味"，画讲"画味"。

在印度，现存古印度最早的、系统的理论著作，婆罗多牟尼的《舞论》认为："戏剧中的味相传有八种：艳情、滑稽、悲悯、暴戾、英勇、恐怖、厌恶、奇异。我们知道没有任何（词的）意义能脱离味而进行。味产于别情、随情和不定的（情）的结合。有什么例证？这儿，（据）说，正如味产生于一些不同的作料、蔬菜（和其他）物品的结合，正如糖、（其他）物品、作料、蔬菜而出现六味，同样，有一些不同的情相伴随的常情（固定的情或稳定的情）就达到了（具备了）味的境地（性质）。这儿，（有人问，）说：所谓味有什么词义？（答复）说：由于具有可被尝（味）的性质。（问：）味如何被尝？（答复说：）正如有正常心情的人们吃着由一些不同佐料所烹调的食物，就尝到一些味，而且获得快乐，等等，同样，有正常心情的观众尝到为一些不同的情的表演所显现的，具备语言、形体和内心（的表演）的常情，就获得了快乐，等等"于是，"味产于情由、情态和不定情的合"^{注五}。此一论述遂在古印度成为一种经典性解释。这何尝不与商汤伊尹"说汤以至味"遥相呼应！（汤得伊尹，被之于庙，爝以罐火，衅以牺喂。明日，设朝而见之。说汤以至味，汤曰："可对而为乎？"对曰："君之国小，不足以具之，为天子然后可具。……凡味之本，水最为始。五味三材，九沸九变，火为之纪。时疾时徐，灭腥去臊除膻，必以其胜，无失其理。调和之事，必以甘酸苦辛咸，先后多少，其齐甚微，皆有自起。鼎中之变，

精妙微纤，口弗能言，志弗能喻，若射御之微，阴阳之化，四时之数）。^{注六}

可见，东方文化圈对味的体味是多么的暗合。

论述上述诗词之意、象、味显然不在本篇的范围之内，然而由他们的思想理路得出以意境、意象、神味来考察中国古典雕塑的造型观无疑是正确的进路。

（一）中国古典雕塑造型的意境追求

中国"意境"理论浓缩了中华民族审美的心理，积淀了异常丰富的审美文化内涵。其美学王国的构建由刘勰奠基，王昌龄拉开序幕，历经皎然、司空图、普闻、谢榛、陆时雍、王夫子、梁启超的发展而由王国维集其大成，步入"意境"美学研究的高潮之境，洞开新局。

阮国华先生说："刘勰虽然未能正面揭橥意境论，但他却是唐以前从理论上为"意境论的出现做贡献最大的一个。"^{注七}在《文心雕龙》中，"意境"的术语词汇"象""意象""境"等渐浮水面。考其用"象"计有 21 次，广布于 13 篇之中。其"物象"之义者如《原道》篇云："日月叠壁，以垂丽天之象。"《神思》篇云："神用象通，情变所孕。"其"形象"之义者如《情采》篇云："综述性灵，敷写器象。"《比兴》篇云："凡斯切象，皆'比'义也。"考其用"意象"，虽只《神思》篇"独照之匠，窥意象而运斤"一见，却是中国文艺理论的首次使用，为后来的中国诗学、美学，特别是"意境"美学首创开局之功。考其用"境"，计有 3 例。《诠赋》篇云："与诗画境"；《论说》篇云："动极神源，其般若之绝境乎?"；《隐秀》篇云："境玄思澹"。综述而言，从文化渊源上，刘勰论述了自然景物对于文学起源和"意境"取象的重要意义，初步解决了文学意境萌生的文化根源问题；从文艺心理学角度，对感物取象、意境内构、艺术表达和虚境追求等文学意境的艺术创造问题，进行了全面而系统的论述；刘勰"意境"美学思想，总其前人所成，为后世"意境"范畴奠定了全面而坚实的理论基础。

王昌龄《诗格》言"诗有三境"，曰"物境、情境、意境"可谓独创四个第一。第一次铸造了"意境"范畴；第一次将"意境"划分为三种形态"物境""情境""意境"，对应于山水诗、抒情诗和哲理；第一次明确论述了"意境"创造的"取境""构境""创境"问题。"处身于境，视境于心"[注八]"目击其物，便以心击之，深穿其境""目睹其物、即入于心""寻味前言，吟讽古制"[注九]是为"取境"。"搜求于象，心入于境""然后用思，了然境象""心偶照境，率然而生""思若不来，即须放情却宽之，令境生""如其境思不来，不可作也"[注十]是为"构境"。"莹然掌中""书之于纸""景与意相兼始好"[注十一]是为"创境"；第一次以"意象"层、"象外"层、"语境"层分述"意境"的"意象""象外""语境"三而合一之审美特征。

确如王昌龄所言，"物与情会则至意"。近代寇效信先生也说："天地之'文'，这是带有一定神秘色彩的自然美；万物之'文'，这是自然美；人'文'，这是人类效法天地万物之'文'而创造的艺术美。"^{注十二}在此，自然景物既是文学艺术的本源，也是"意境"的本源。同理，大自然是也当是雕塑作品"意境"的创造时取象的现实土壤。刘勰说："山林皋壤，实文思之奥府"^{注十三}，陆游《偶读旧稿有感》云："挥毫当得江山助，不到潇湘岂有诗？"皆是此等感概。

王国维——中国古代"意境"美学的集大成者。其在《人间词话》（通行本）第9条中指出："然沧浪所谓'兴趣'，阮亭所谓'神韵'，犹不过道其面目，不若鄙人拈出'境界'二字"，为探其本也。"又在《〈人间词话〉未刊手稿》第14条中说："言气质、言格律（按：三字原已删去），言神韵，不如言境界。有境界，本也；气质、格律、神韵，末也。有境界而三者随之矣。"至宋代严羽以来，特别是三百年来，在各家学说林立的诗坛上，王国维"境界"说独树一帜。在"境界"的审美方面，提出"真"的评判的标准。有主体之真："故能写真景物真感情者，谓之有境界，否则谓之无境界。""主观之诗人，不必多阅世。阅世越浅，则性情越真"。主观诗人观物时，能"出乎其外"，"有轻视外物之意，故能以奴仆命风月"，所造之境"以意胜"，是"有我之境"。"客观诗人之心"要"多阅世，阅世越深，则材料越丰富，越变化""故能与花鸟共忧乐"。有表达之真：一是破除"文体模式"，"盖文体通行既久，染指遂多，自成习套。豪杰之士，亦难于其中自出新意"，只有"遁而作它体，以自解脱"。二是破除"题材模式"，"人能于诗词中不为美刺、投赠（按：原稿下面还有"怀古""咏史"）之篇……则于此道已过半矣。""故感事、怀古等作，当与寿词同为词家所禁也。"三是不作"人工之词""不使隶事之句，不用粉饰之字""脱口而出，无矫揉妆束之态""天真之词也。"四是不模仿古人。"'秋风吹渭水，落叶满长安'，美成以之入词，白仁甫以之入曲，此借古人之境界为我之境界者也。然非自有境界，古人亦不为我用。"有境界之真：达境界之真，须得"不隔"。钱振锽解释说："予谓'隔'只是不真耳。"[注十四]由此可见"不隔"便是为"真"。若要"不隔"须得"景真""情真"。"景真"——"'采菊东篱下，悠然见南山。山气日夕佳，飞鸟相与还''天似穹庐，笼盖四野。天苍苍，野茫茫，风吹草低见牛羊'，写景如此，方为不隔"；"情真"——"'生年不满百，常怀千岁忧。昼短苦夜长，何不秉烛游''服食求神仙，多为药所误，不如饮美酒，被服纨与素'，写景如此，方为不隔。"

王国维又将"境界"划分为四种类型。

1. "诗人之境界"与"常人之境界"

王国维云："有诗人之境界，有常人之境界。诗人之境界，惟诗人能感之而能写之……常人皆能感之，而惟诗人能写之。"[注十五]其实这里面也有一个常人未能感之的层面在里面，因为站在审美心理的角度，受过训练诗人之眼和常人观察事物之眼是不一样的。同理，受过训练的雕塑家之眼和常人也是不一样的。

2. "造境"与"写境"

王国维说："有造境，有写境，此理想与写实二派之所由分。""然二者颇难分别，因大诗人所造之境，必合乎自然，所写之境，亦必邻于理想故也。"

3. "有我之境" 与 "无我之境"

王国维云："有有我之境，有无我之境。"如"泪眼问花花不语，乱红飞过秋千去。""可堪孤馆闭春寒，杜鹃声里斜阳暮。"此为"有我之境。""无我之境，以物观物，故不知何者为我，何者为物。"如"'采菊东篱下，悠然见南山。''寒波澹澹起，百鸟悠悠下。'无我之境也。"

4. "大境界" 与 "小境界"

王国维云："尼采谓：'一切文学，余爱以血书者。'后主之词，真所谓以血书者也。宋道君皇帝《燕山亭》词亦略似之。""然道君不过自道身世之戚，后主则俨有释迦、基督担荷人类罪恶之意，其大小故不同矣。"然"境界有大小，不以是而分优劣。""美之为物有两种：一曰优美，一曰壮美""夫优美与壮美，皆使吾人离生活之欲，而入于纯粹之知识者。"

作为受文艺观影响的中国古典雕塑，其在"意境"的要求上实为一致的。因此，在"意"和"境界"的驱使下，为了抒发自我的情怀，高度重视的是雕塑作品自身型的完满度，托借对象的形是可以与作品中的型分离的。感情对人类而言是个"同一"概念，它是人类作为生物生存，在这个星球上所发展出来的共通心理现象。喜怒哀乐是人所共有的，不但人所共有，动物也共有，如果我们把它移情到自然，自然也有它的喜怒哀乐。不外乎：崇高（伟岸）、宁静（悠长）、婉转（曲折）、孕育（盘桓）（接下文）。如果用图形表示就是：横、竖、S、圆。中国人的情是主要依靠它来抒发，所谓"孤帆远影碧空尽，不及汪伦送我情"注十六，离别之情由悠长之横势得以彰显、表露。在这里，纵、横、婉、环的势态本身几乎成了"托物言志"的"物"，当然，势态本身是抽象的，如果走到这一步就不是中国写意雕塑了。于是这个"物"只能是有态势的意象之物，而不是模拟托借对象结构的物（例如断臂维纳斯注十七）。达成以上情意的有态势的意象之物可谓就是"意境"高妙的了。

例如在汉代陶俑中有一些侍女的雕像注十八［图40］，其整体造型就是如此。它们完全不按照人体的正常比例关系来处理，而是追求了一种造型的态势。将女子最宽部位的臀部恰恰做成了最细处，将上身衣袖处理为与身体融为一体的一个团块，经细腰处收拢后更于腿脚部呈喇叭状展开，并且是异常的大。当然这种分离不是刻意为之，它是情感天马行空不受自然物象约束的明证。它是中国人"应物象形"思维的必然结果。这里"物"可不是前述例子中生活中侍女的那个对象，它是唤起雕塑家情感的那个物，譬如一段枯木、一块顽石、一片云烟、一簇丛枝。于是雕塑家一任感情的流淌，循着那枯木、顽石、云烟、丛枝自身的型略加雕琢，一尊达意之作就完成了。有如神助，天工开物一般。虽有"感时花溅泪，恨别鸟惊心"注十九之说，但对于雕塑这个美术类别而言，中国写意雕塑可不会傻到于过于现实性的对象上去"雕刻"（那样就成了希腊古典雕塑）。中国写意雕塑擅于在混沌中求天明，所谓心满意足、得意忘形是也。

图四十：《汉陶俑侍女像》

雕塑是种空间造型雕塑，造型，说得直白点，就是空间中的实体构成、虚体构成、虚实共体构成。如果将雕塑实体看成由上中下三段的话，那么构成就是此三段在空间中的前后、左右、上下的共同关系。人在对此关系的琢磨中诱发出来的四种情绪（接上文）就是造型本身的味道，首先它是纯然的，是对自然物象的自然关系的一种超越。"略加"之后雕塑首先要在构成关系上更明朗，也就是说造型上更完满不散漫。因为造型的更完满，所以对人的情感的激发才会更迅速更充分。让我们一起来欣赏一下云冈石窟里十八、十九、二十窟的主佛造像[注二十]，其简洁明快的造型，伟岸潇洒的姿态，笔直挺拔微微前倾的身躯，松弛的双臂，还有那透澈似明镜般的眼光，立刻使人生出一种的恢宏博大的精神气质来。著名的《东方维纳斯（菩萨残躯）》[注二十一][图41]，当我们绕像一圈细观她的造型，我们会发现，从颈、胸、腰、臀、腿、脚在空间中的婉转流动，那是一种纯净超拔的美，婀娜多姿的美，女性身体给予男性的性欲诱惑在这里荡然无存，你的心在这美的女体面前竟然洁净了，一种单纯的圣洁之光环绕着你。这就是造型的魅力。

从哲学的角度来看，中国古典雕塑更多追求的是雕塑本型的"自明"性，当然，这个"自明"是借了那段枯木、那块顽石、那片云烟、那簇丛枝的型来"自明"的。在这里，中国写意雕塑家不是在造象而是在循自然本身生成之象略加雕琢而写胸中之意而以。这也便是中国哲学的天人合一之境了，雕塑到此便进入圣域了。

图四十一：《菩萨残躯》《东方维纳斯》

（二）中国古典雕塑意象造型的超现实特征

如果问中国古代雕塑是具象的还是抽象的？这是一个颇具挑战性的问题，因为要先规定何为具象、何为抽象。如果以自然世界中自然物象作为参照系的话，那么可以说中国的雕塑既不是具象的也不是抽象的，它是特定语境下的一种意象。但用所谓具象、抽象，意象的概念论之于雕塑，似乎仍不确切，因为雕塑的实在性用又具象到了极致。即就是今天的'抽象雕塑而论，只要它存在着，总是一个具体的存在之物。所以我赞同将雕塑归之为准现实性（具象）；非现实性（抽象）；超现实性（意象）的意见。按照这个标准，西方古典雕塑是准现实性具象的，中国古典雕塑是超现实性意象的。这也可以说是中国古代雕塑与地中海文化圈古典雕塑的造型美学观的区别。

对于中国古典雕塑而言，得意而忘形是其造型追求的最高境界。在这里，意既是精神的亦是物质的，从精神层面讲，他是你作品蕴含的精神内蕴，从物质层面讲，他是你的"得意之形"亦即是准确传达了你精神内蕴的形体之象。

1. 造型的追求，亦可谓之构成的追求

进入了造型的境界还并不是中国写意雕塑的全部，凭着"造型"这张王牌而彻底丢弃拟借对象的生物表象那就绝不是中国写意雕塑。中国人的哲学是强调"无极而太极"[注二十二]"天人合一"的，中国写意雕塑的智慧在于对生物表象的既适当地遵守又适当地超越，在于一种造型审美与自然物象特征审美的审美心理平衡。这种平衡营造出一种"无极而太极""天人合一"之境。尽管借用表象已进入造型层次，但还是要充分利用这被借用的生物表象本身所具有和所能够呈现的动作姿态来创造意境，表面看它似乎是受制于生理关系，实质上它是建立在"造型"基础之上的一种"造型生理关系"了。

谁都清楚，中国的古典雕塑同古希腊罗马的雕塑有着显而易见的不同，而一旦具体到从理论上去区别它们时，却又令人倍感困惑，说是不一样，又有什么不一样呢？从材料上讲，西方用的金、银、石、木、泥，同中国的一样；从形象上讲面貌虽不同，但西方是雕塑人像，我们也是雕塑人像；我们所雕的东西中有毛发毕现者，西方更是有过之而无不及；我们说我们的作品中寄托了精神与情感，西方何尝又不是如此？我们说我们是精神意象的产物，西方又何尝不是精神意象的结果？除了与生俱来的人种区别与必然的服饰不同之外又有什么理由是可以说清的差别呢？当然可以说中国的东西是写意的，西方东西是写实的，但西方的所谓"写实，是让人看清了东西是什么，而我们的所谓'写意'不也仍是让人们看清了东西是什么吗？虽然二者的外观形态确实存在明显不一样的面貌。实际上，这不过是各自所持的造型美学观不同而造成的。

为什么中国古典雕塑具有着超现实性意象的美学观呢？我以为这是和中国人的世界观有关，因为在中国人的心目中，人是宇宙中不可分割的一部分，是与大自然处在一种和谐的关系之中的。顺应自然是一种普遍的心理状态。在顺应的前提下加以把握并不是一件痛苦的事，而是一件快乐的事，一种自我完成的途径之一，通过雕塑的方式去张扬精神和情感便是对自然加以把握的方式之一。所以在中国人这里，人在对自然，包括人自身的观照中所持的态度，既不是严格对立也不是完全顺应，而总是融进了人自身的一种参与行为，但又是相互协调融洽的参与。这样一来，作为雕塑创造的视角便首先落在了对自然物象的尊崇之上了，因为在人们心中有着视自然物象与人自身同具价值的看法，其'天赐'的物象也自然有着自然的道理，而天与人又是不可分的。所以当人们描摹人，或是其他自然物象时，在把握的限度上最起码的是不在根本上相背离，所有雕塑总是以完整的生态方式呈现的。几乎所有造像，无论人神禽兽都有着其完整的形与完整的象。就是虚构组装而成的龙凤等形象也是纳入在这个大范畴之中的。如龙凤的头、身、尾、腿、翅、羽毛等，无论组合方式如何不同，其基本的部件和构成关系仍是建立在天然生态规范的基础上的。这是中国古典雕塑中之一大恒常性特征，而这种不在根本上相背离的原则也仅仅是不在根本上相背离而已，绝不受缚于自然，完完全全的忠实于自然，这便是顺应自然又把握自然的表现。

然而，若只论及顺应、把握、不背离却只是解决了形象的问题，至于形象的生动问题则需要对其动势进行强化了。

2. 动势的强化

"动势"，顾名思义，它是以动感状态的构成为其主要特征的，在欣赏中国古代雕塑时往往有这样的情况：当我们并未看清作品的具体形态或是只看到一个很模糊的造型的情况下，在并未搞清楚它究竟是怎么回事或是还未及思考其合理与否的情况下，我们就已被作品所牵引并按着它所呈现给我们的意象形态去感受了，从中已经深切地感受到了作品中所潜伏着的一种运动。这动感的由来就是依动势所产生。所谓动势——即是运动之势。这在书法中也大致如此，也许我们并不认得那狂草中的每一个字，但并不妨碍我们观赏书法。通篇飞速流动的线条和粗细、浓淡、黑白，聚散的构成关系所生成的节奏感便传递出一种由此及彼的运动感。把握这种运动感未必需要认得每一个字。关键在于体会领悟其中的精神与情感。把握了这一点便算是欣赏了。欣赏的媒介就是这动势所携带的信息，音乐亦然，轰然一声鸣响的音乐可使我们的情绪立即纳入由这鸣响所规定的某种秩序之中。我们绝不可硬指出这鸣响的声音就具体的确指着什么，但那抑扬顿挫的节奏和其连绵不断的旋律则依着它自身的规律在流动。我们无法抗拒这种牵引！在这种力的作用下，我们暂时丢弃了其他而潜入它的意境之中。这也就是它的"动势"在起作用。建筑似乎略有不同，它是一个巨大空间形态物。这个硬挤进自然空间中去的宠大组合物在天地之间起着分割空间和占有空间的作用。一座与一座的殿宇、一组与一组房舍，构成了其外部空间的关系。它们或巍峨、或博大、或精巧、或绵延、或参差、或严整，等等。纵使你未登堂入室，已为这总的格局所渗出的精神交出你的灵魂，连绵起伏，由外入内的'势'就处在"动"之中。在雕塑之中更是如此，作品本身并无所谓"动"可言，但"动势"是存在的，例如那些走狮、奔兽、跃马、伏虎等都先有一个动势。它们从任何一个角度观之都处在一个动的瞬间之中。即就是蹲狮，虽然雄踞但张开的大口所形成的缺口状造型将整体造型作了方向性的引导，从而使其具有了"势"的动向，所以即便蹲着仍旧有着伺机跃起的感觉。如唐乾陵的蹲狮[注二十三][图42]，两条前爪骄健而用力地撑起饱满巨大的身胸，这便构成了一种势，身胸的巨大重压和双爪的奋力强撑形成了拔地而起，傲然而立之势，仅这样一种构成关系便将其内蕴的精神和情感的总体面貌首先推给了观众。在一些石窟雕塑中，天王力士的造像[注二十四]也都追求有一个"势"的建立，一个个浑身上下充满了紧张，身子弯曲、四肢扭动，一副剑拨弩张的样子。这也是一种"势"，纵使去掉它们身上的那些细节，但总地由动势所昭示的情感趋势则是仍旧存在着的。

由此看，"势'是一种以作品的构成关系所产生的空间效应，是以作品的前后、上下、左右、大小、粗细、方圆等组合为一体后，在所在空间中造成的一种意动性的暗示。为什么蹲狮会欲跃而去？就因为它通过头、胸、爪、体、态等共同创生出了欲跃而去的意动性。朱雀高飞、奔鹿疾驰、伎人旋舞、战马嘶鸣……举凡具有昂然的精神和浓烈情感的作品，都莫不得益于先立之势中所潜伏着的意动性。由此看"势"也是独立于作品造型本身之外的精神意象。雕塑作品的形态本身并不等于"势"，它只是可能被感觉到的东西。所以从某种意义上讲，"势"也是无形的。因为有构成、有体量、有文饰等，很可能并没有"势"。这便要看其构成的效应能否引动人们的心理意向。这颇类似禅家的一个公案：风吹幡动，有问曰：是风动

图四十二：《蹲狮》唐乾陵

还是幡动？有答曰：是心动。^{注二十五}这"心动"的缘由是什么呢？其"心"者且不论，其"动"者则是存在着的。于是才能"心动"。雕塑中的"势"也大致如此，其空间效应中不具备引人感悟的东西，纵使有再庞大的体量和再复杂严密的构成也是不能引人"心动'的，不能心动，便也生不出个"势"来。因为雕塑是死的。人家那里连'风'带"幡"都动不得，而这里却有"势"动，这才是地道而彻底的心动呢！其实这个"心动"的产生就是依着作品造型的假动与意识中的真动相吻合而成的。当动的经验与作品的势态达到一致的情况下，这"心"才随之而动。中国古典雕塑中的某些动势极强的作品正是抓住了与人自身动的经验最吻合的瞬间加以表现，才有了产生动势的可能性。

（三）中国古典雕塑细节处理的神味之工。

1. 重视细节处理形成作品神味的独特性

中国古代雕塑中动态之味儿的核心，即是对最为人称道的 S 形线的把握。当然，这并非独属于中国人所有。中国古典雕塑动态之味更重要之所在，在于对做出怎样动作的分寸之拿捏。这就使得即使不使用或不具备明确 S 形线的作品也照样有味。以《汉说书俑》^{注二十六}［图43］为例，他那浑身舞动的动作虽是明确至极的，可当我们作一般性的描述时只能说他'伸臂、抬腿、耸肩、大笑……除了这几个空洞的描述外，我们不会得到更多的东西。如果仅依靠这几个对动作的一般性描述重新来塑造一个说唱俑时，其结果注定是另一回事。就是仍然伸臂、抬腿、耸肩、大笑……也不会再成为

图四十三：《汉说书俑》

第二个汉说书俑，所有的原因在于那抬起的腿的长短、粗细，高低，只有呈现为如汉代说书俑原件那样的程度，才能够是"有味儿"的腿。"抬腿"只是动作，并不能产生"味儿"；从哪儿抬、抬多高，才是产生味儿的关键。所以这件说书俑的腿就绝不是一般地"抬"着的，它首先是从地上并不合生理位置的伸出，并且是短短的一小截，那只大脚足有一条腿长的比例在翘着……这样的"短"，这样的"翘，才是这种"抬"的味儿。"味儿"就在这些特点之中，或者说是由这些东西共同构成了"味儿"。再如那耸着的双肩与那前伸的臂都是有一个程度的"耸"与"伸"的，削弱之或者强化之都将会改变其原有的味道。即是说，如果在粗细、高低、长短、肥瘦等方面不能达到原作的程度或是过之，纵然是怎样标准化的耸肩与伸臂也传递不出这种味儿。

在中国古代的宗教雕塑中，佛本尊是动作最少的角色，一般来讲是最难弄出动态之味儿的了，但在高手们手下仍能在这无动态中弄出极微妙的动态来，仍以云岗石窟中的"露天大佛"［图44］为例，其动作姿式虽与其他的佛并无太大的区别，也不外乎也是盘腿、双手下垂相交于前的俗套子，但却有味儿。这"味儿"就在于这尊佛的头的前倾下视的程度较之其他佛头要强烈一点；双肩平直的水平较之其他的佛要更平直一些；挺胸收腹的姿式也是较之其他要更过分一些；下颌内收的幅度也是更甚一点，所有这些方面"过"的一点点，构成了这一件作品的味儿。挺拔、清秀、超逸之感顿生，把握如此高大的造像能使其挺拔的腰与微耸的肩和有劲的脖子处在

图四十四：《云冈石窟 露天大佛》

同一的状态中绝非是易事，唯有对静态中的"动态之味"做总体把握才能做到，这必是在当时超一流高手的监制之下才能产生的作品。

2. 文饰的意味

说起文饰之味儿的由来，是极为遥远的。从原始人开始就有了这个意识，先是打扮自身，串项链，挂耳坠，后来便刻出硬质石料的小动物——玉器以及骨器来玩儿，后来有了陶器，就连画带刻地弄出许多纹来。不管它是因为什么被弄出来，总之有点纹印还是比光面好看一些。到了商周时期，青铜雕塑及器皿作品中的纹饰日趋复杂而华丽，但这些饰纹多是一种附加之物，也即其纹与雕塑本身并无多大关系。往往某种通用的纹饰不仅出现在器皿，也出现在人物或动物身上，如出土于河南安阳小屯妇好墓的玉雕人像[注二十七] ［图45］，其身上的纹饰正是我们在青铜器皿中所常见的样式。这一方面说明在当时，雕塑本身或是人像雕塑还远未达到独立的地步；另一方面说明"肖形"雕塑与文饰雕塑在功用方面仍纠缠在一起，但再向后，人像雕塑就逐步趋向于摆脱附加文饰的方面发展了，代之而起的是将雕像本身所具有的肌理因素，名正言顺地加以展开，同样达到文饰的目的。如殷墟的这件玉雕人像，身上的纹样并不是人像本身所应该具有的纹样，而纯粹是为了"饰"，这个单纯的目的附加上去的。应该说它的目的与好看有关，但也未必全是，多少也有为了获得某种生存的安全感而信奉某种符号有关。而这类东西毕竟是首先让人看的，人像的周身缠满了与器皿中一样的纹样或许在作用于人们的眼目的时候，多少削弱了人们对人像雕塑的印象与感受，

图四十五：《玉雕人像》河南安阳殷墟妇好墓出土

所以越到后来就越不再这样了，战国时期的某些青铜雕塑也就越发干净单纯了。某些人像雕塑以及动物雕塑^{注二十八}也都呈现出更单纯的形体来。到了秦兵马俑时期就将这种曾用于人身的纹饰扫荡得干干净净，完完全全地进入了一个面向人自身的时期。也许是先前的那种神秘的文饰纹样压得人长期喘不过气来，如今彻底脱开而获得了解放一样，人们竟怀着那么认真的热情和耐心来尽可能地复制出一个实在的现实来。看看秦兵马俑雕塑作品^{注二十九}中的头饰发型的丰富性，和那辫子盘在头上左压右拧的绝不含糊性，以及那身上甲胄的叠压连缀、方寸不乱，那一根根胡须毛发的一丝不苟，那鞋底的点点成行……都说明一个充分开发利用人自身原有条件和契机资源而使之上升到文饰水平的时代已经到来。我们的祖先又在另一个方面创造了业绩。

如果说秦俑［图46］时代的人像雕塑在利用人本身原有条件或相关条件去创造文饰之味方面尚属一个萌芽阶段，那么到了汉代就已经是进入最朝气蓬勃的"青春期"了。我们从汉长安、洛阳、山东、徐州等中原地带出土的汉俑像作品^{注三十}中可以看到今天所谓的"形式感"在当时已经是相当纯熟的"通用技法"了。在整体造型方面不说，即就是从人像自身的服饰本身去展开文饰效应方面看也已有了精彩的表现。如一些汉俑的通身造型光洁，呈流动曲线型，但在领口处却弄出规则对称的 Ψ 形线来，同时在某些双手对袖着的袖口处则弄出些（（（ ））））形纹来。总体观之，一种名正言顺的"装饰"味儿便有了，其他地方的光洁与这两处的细密自然形成了一

图四十六：《秦俑》

种关系。从今天的视动理论看，人们的眼光泻过这件作品时，要在光洁处舒展一些，于细密处曲折一些，所谓节奏感暗地里便产节奏感暗地里便产生了。在这种节奏的律动过程中，一种“味”便被观赏者体会了。作品有着怎样的节奏与纹理关系，观赏者便能体会到怎样的“味儿”。在一些汉刻像石作品中，那种平铺展开的结构方式所产生的“文饰之味”是强烈而鲜明的。就此类作品中的人像雕塑本身的轮廓处理和衣饰纹理的效果看，也颇具一种独到之味儿。这类作品中的人像的五官虽并不清晰，(在雕塑中人的五官其实是极次要的)，但动态却极传神；而在这以人为单位的个体“色块”之中却有着味儿很足的线的穿插。其说这些是衣纹，不如就说是线，它虽是因要表示衣纹而做出，但出现在画面上所构成的效果则是“文饰”的效果，由这里产生的“味儿”是属于文饰的味儿，而不是衣纹的味儿。

不知这种意象行为在中国古典雕塑美学中能否算作一个暗地里支配人们从事创作的潜在的力，结果是到了唐宋乃至以后的诸代，尽管其文饰之味与汉时已大相径庭了，但它仍是属于工匠们在雕塑活动中刻意追求的东西。例如在唐代的石窟雕塑[注三十一]中那些作为文饰的衣纹形态已是极为“写实”的了。如果从整体上放眼看去，那些佛或是菩萨们身上的裙裾披挂逶迤多姿，如泻流而下一般，这仅是什么“手法写实”“质地逼真”吗？这些衣纹的走向、回环、叠压、转折等共同构成的效果，完全已进入了“文饰”境界的高度。我们从这文饰效应中得到的是一刻也不停留地向外发射着的独立于衣纹之外的雍容大度感和款款而富有生命力的信息感。人们在观赏中全然不去理会那衣纹的真实性。那衣纹的大折大叠、大回大环、大起大落、大飘大荡，是处处合着审美节律的运动而起作用的，最终作用为人们的审美终端，以激活人们的随"衣纹"运动而起伏波动的情感世界。在一些佛的头部，密密匝匝的螺钉状的发型与丰腴光洁的面容所形成的关系中，在那深深地陷下去又高高地鼓起来的柔韧有劲的线条所勾勒出的口唇的造型中，在那优美的身姿和紧缠在身上的纱一般排列有序的线条中……我们看到的不再是单纯的那个肉体状态中的嘴、鼻、耳、眼以及身躯，也不是那长在皮肉中的毛发以及具体能叫出名称的衣料，而是一种崭新的意象，一种浓缩了我们的精神和舒展了我们的情感的意象，一种使我们看到这些作品所联想到的东西远远超出作品所表示给我们的范围之外的意象，一种使人们深切感到不如此就失去了所有意思的意象。这种意象的生成是牢牢地建立在作品本身无懈可击的完美境地之上的，这就是文饰之味。

3. 表情的夸张

在中国古典雕塑作品中人物面部表情也就有很突出的作用，无论是喜怒哀乐的哪一种表情，其本身的被再现并不等于是有味儿的，关键在于它是怎样的喜怒哀乐。这一点我们可以从甘肃灵台出土的西汉铜制《四人博戏俑》^{注三十二}中看其大致。博彩的一方，最右一人身向前伏，腰向后摆，袖口高卷，一手支地、一手平伸正欲掷彩；右侧同伴袒露右肩，盘腿散坐，右手摸脚，左手扬起，作张口助威状。二人狂纵放浪之态、扬扬自得之情一一毕肖。相搏之人，一个紧张的巴望着对方；另一个右手向后支地，低头静待，似在思考对策。四人有张扬有内敛，或放纵或紧张，相互呼应。动态鲜明，具有浓厚的生活气息。这里的两组雕塑作品分别出土于河北和甘肃，其动态之味鲜明而有趣，并有着不少相当一致的地方，他们都是跪坐在一起，一个个聚精会神，有讲有听地处在一种有趣的故事气氛之中。但在表情之味方面而则更见鲜明而浓烈，甘肃的这组人物，神情各具，表情生动而丰富，故作矜持的、哈哈逗乐的、煞有介事的、故弄玄虚的，一个一副面孔；河北的这二位，样子虽是奇丑的，但表情却是精彩的。左边的这位扬头摆手撇着嘴，好像不屑一顾似的，右边的这位则仿佛令人听到他面对对方的态度故作惊讶地尖声叫道：呀——你不信？那两只竖起来的眼和鼓出去的脸蛋，还有那张底厚上薄的大嘴，活现出一个喜吹善编而又故作一本正经的形象，有味儿！味儿就在于他的眼是这样地竖着的，而嘴又是这样地张着的。仍以前面提到的汉说唱俑的表情论，也是如此。那抬头纹弯曲着连着眼角和大张着的嘴，都不是一般的平庸化地弯曲和开张，只有当这些局部特征共同将这张脸牵动得如一朵花时，才能出来一张这种表情之味的脸来。如果有人对其起伏的距离和弯曲的幅度进行定量分析的话，定会得出令人吃惊的超乎常人正常状态下许多倍的数据。这便是"独特"之所在。

　　表情之味并不限于俑像之中，它在中国古代雕塑发展史中是普遍而又刻意被追求的东西。在石窟雕塑或是泥塑作品中，某些菩萨的微妙与柔媚之处，都是别有一番味道存在着的。在麦积山石窟112窟的彩塑护法金刚^{注三十三}［图47］中，面相别具一种味道，一种什么味？如果仅用狰狞、怒目、威猛等字眼来形容，是传达不出我们所见所感的这种味儿的。只有当我们解析了这些金刚的脸的五官之间每一个局部的长宽高低、远近距离、形状转折等构成关系后，才能把握这个味儿的独特之处及其是怎样产生的。一个随随便便的怒目圆睁，一个一般化的巨口大张仍是概念化的，并不具有"怎样"大张的独特性。在这张脸中，眉头间的几个鼓包式的起伏，是眉头皱起的独特之味儿；那两只凸出来又被上下眼睑费劲地夹住的大眼，是这一个"怒目"的独特之味儿；那打了那么多弯儿的鼻子和有着那么深刻的鼻沟的脸颊，是这张脸上所显示出的威猛的独特之味儿！只有认识到这些"独特"之处，才能把握表情之味的存在与价值。这些东西因为其独特，就不再是一般化的东西了，不如此就不足以有味儿！这种经历代雕塑工匠们所固定下来并沿袭使用的"味'，就是所谓的程式化的东西。但也正是这些经千锤百烁所固定的程式，才构成了整个中国或某个时代所特有的味儿。

　　至此，我们所论之中国古典雕塑可谓是意境高妙、情意丰满、意象神味具备。有情有意，有趣有味的雕塑是不是就是我们所称的中国写意雕塑了呢？答案是否定的，如果仅是如此的话，那样的雕塑不过是没有脊梁的软体动物而已。虽然也有生命，但却是脆弱的，经不起历史的风吹雨打，经不起岁月的历练。

　　真正的中国写意雕塑在情意、趣味之外还当有向外辐射生命热

图四十七：《麦积山泥塑力士像》

度的生命力。它就像太阳的光芒一样逼进你的心灵让你感受到它的热度。

　　这种热度便是中国古典雕塑造型时所采用的由向外隆起的弧面相穿插连接而构成从正面看是凸起的体与面，从侧面看是向外扩张的线的雕塑体块的"构成关系"。整个作品犹如一个由许多大大小小相互交错的，拉满了弓弦的弓，它们是交织在一起，向四面八方即将放发利箭似的，充满了爆发力的浑圆体。由这种构成体切入自然空间，便将自然无为状态中的空间（无机空间）变为非自然状态中的人为空间（有机空间），并将其挤压变形，使作品之外的无形的空间也随着具有扩张感的作品尽可能地向外扩张开去。这有点像水中的涟漪。这种连绵不断地向我们的意识中层层推进涌来的"波"，使我们不断地受到由作品本身向我们输送来的"气"，这无形的"气"与有形的"势"便构成了雕塑中的"气势"。我们前面曾说，有气势的作品，一般情况下是与作品的大小有关的，而往往在于"大"者之中。因为这种"大"与这种连绵不断的意向通过人的主观把握上升为一种精神，使其不仅是一种纯粹的人工制品，而是一件携带并凝聚着精神与情感的观照对象。我们曾从这些作品中感受到的博大雄沉、纯净超拨、宏伟奇丽，等等。都似乎是由这作品里面放射而来的。正是这种意向深刻地引导了我们的精神及意识，触发了我们的情感，完美地诠释了中国文化系统中的古典雕塑造型智慧。

　　二、地中海文化圈雕塑理、态、体的理智

　　如果说中国古典雕塑张扬了情感的恣意，那么西方古典雕刻则洋溢着理性的光芒。如果对西方古典雕刻作一番整体而又深入的研究的话，那么你会发现，西方古典雕刻是理、态、体的神化。在其雕刻创作中"神人同形同性"的理念是其存在的基础；作为雕刻的人物的情节性和象征性姿态是其作品内容生动、丰富保障；重视作为物的形体的整体性又是雕塑创作者的不传之秘。

（一）神人同形同性的理性光芒

在中国早期的雕刻中，以人物为主体形象的情况是少有的。纵使出现，也不过是作为器皿的装饰而已。而在作为西方早期雕刻的古希腊雕塑中，大量的独立性作品向我们宣示，他们在极力的赞颂神的价值与意义。我们知道，每一个民族的雕塑活动所显示出来的特色都不是偶然的，它们是由其独特的生活境遇和历史经历所共同塑造的。"神人同形同性"，是对欧洲文明起源时期的历史概括。

古希腊人生活在土地贫瘠的希腊半岛上，在封闭的群山、广阔的海洋、大大小小的城邦、繁多的航海贸易，民主的政治、人民的智慧等众多地理、政治、经济、文化的各种因素影响下，自由奔放、富于想象力、充满原始激情、勇于开拓、乐于求索的民族性格被塑造了出来。在那原始的时代，他们对自然现象、对人的生死，对梦境的困扰都感到神秘和难解，于是他们"通过人民的幻想，用一种不自觉地艺术加工方式加工过的自然和社会形式本身"注三十四。

丹纳在《艺术哲学》中说："在古希腊人眼里，理想人物不是善于思索的头脑或者感觉灵敏的心灵，而是血统好、发育好、比例匀称、身手矫健、擅长各种运动的裸体注三十五。""希腊人竭力以美丽的人体为模范，结果竟奉为偶像，在地上颂之为英雄，在天上敬之如神明。"注三十六因此，无论是希腊神话中的神明，还是希腊传说中的英雄，都具有人的形体，甚至比人更像人。正是由于希腊诸神在肉体上具有楷模性、典范性的特点，所以才被人们所崇尚。

因此，他们的雕刻是人对"人"自身的刻划。如雅典卫城的雅典娜神像、命运三女神像、断臂维纳斯等众多的神像。

与"神人同形同性"而演化出来的准现实性造型观相反，"中国古代庞大的玄学体系，只能陶泳出写意艺术"。注三十七中国雕刻的造型观可谓是超现实型的，也称写意性的。中国的写意造型观在魏晋南北朝时期由顾恺之提出"传神写照"、宗炳提出"应会感神、神超理得"、谢赫提出"六法论"而达完备。正如英国现代社会美术家和艺术史家赫伯特·里德所言：中国艺术家只求在一个形式中得到意志的表现，一种欲望的满足，在线条中得到节奏，在色彩中得到客观的视觉快感，东方人只要求象征效用——以艺术家表明宇宙永恒的秩序与和谐。注三十八

如此两种不同的造型观，必然导致女神"维纳斯"有着所谓温馨的肤香和柔软的肉感，男神"宙斯""阿波罗"等有着雄健的身躯和健美的肌肉；而东方的女神——菩萨，有的俱是冰清玉洁之感，绝无香艳肥腴之态。前者有着解剖学的准确、物理学的稳定、数学的黄金律等可以分析量化的数据。后者则只适于把握和感悟，发展的是对自然的感知和从自然得到的感悟，不追求自然本身的物理变化，只是一种精神的升华。所以说，西方的东西所注重的首先是现

实中的人所能体验、触摸，乃至有切肤之感的东西。沿着这一标准，古罗马、文艺复兴、十八、十九世纪的欧洲艺术繁荣，都是对古希腊艺术的一脉相承。由于西方人没有将人自身看作与自然合而为一的观念，所以时时表现出要驾驭自然的欲望，所以他们研究、解剖事物、掌握自然规律是自然而然的事情。他们站在人本主义的立场看待自然的同时，也以同样的眼光看待人自身。这种眼光本身就将人很清晰的区别于另一种生命形态的自然。他们绝不会认为自然与人是可以互换的，也不会认为人与自然是你中有我、我中有你的事。所以，他们真实的再现人的形态时就是怀着人的欲念。他们不指望在作品中将人的形象去比附自然的某些形态，如柳眉、杏眼、樱桃嘴之类，而是眼睛就如真眼睛一般，嘴巴就是真嘴巴一样，长宽起伏、软硬松紧，全如生命中的人一样，是标准的现实的翻版。

关于西方人为什么有着这种准现实性的造型观呢？潘公凯在《限制与拓展》一书中讲到："而希腊哲学一开始就是从自然科学的观点来看待美的，将美看成一种基于数量关系的节奏和谐。希腊艺术所注重的，是比例、对称、均衡、节奏、完整、对比、统一等形式规律，并企图从教学的角度研究美。后来的解剖学、透视学、光学、色彩学、构图学，等等。都是这一基本倾向的发展。即使现在最荒诞的艺术流派，也是以精神病理学最新科学成果为理论根据的。"

有了这样的造型观，我们以什么样的手段来把握呢？我们知道，中国古典雕刻的超现实性造型观是通过情理性的原则来实现的，而西方雕刻则是在不违背自然之理的前提下去体现精神的，那么，他们的把握性原则就应是物理性的了，所谓"物理"就是自然物象之理，就是原来怎样就应该怎样的理。西方古典雕刻艺术中，举凡一座雕刻作品，无论它表现出了什么样的感情和精神，也无论它是呈现着何种的姿态，超出了生命状态中的人的自然规律和范式的举动与现象是没有的。他们的作品中几乎找不出哪一位超人的大力士的肌肉发达到了如同中国古典雕刻中的力士的那种"南瓜肚"的地步，而再肥胖的妇人也绝达不到中国唐代妇人俑像中所达到的那种属于"肥硕"的程度。他们的作品中人的骨骼、肌肉、姿态、表情，全然不越过自然中的人所能具有和能够具有和呈现出来的限度。不管他们有没有所谓夸张变形的意识，他们为了强调力量而强化那些筋肉也罢；为了表现愤怒而尽力去强调举身骚动的四肢扭曲也罢；为了表现那种沁人心脾的女性人体之美而尽力去刻画那种肌肤之感也罢……统统是在"自然"允许的范围之内进行的。在中国古典雕刻中常见的以泥条儿状作为四肢乃至身躯的雕像在西方是绝然没有的！归根结底一个原因，就是彼此的把握原则不同。这个原则就决定了西方雕刻家在雕刻作品时首先确立的是人的物质属性的东西。它并不因人的情感的扬抑、精神的振萎而随意改变人所具有的属性。在他们那里，人的胳膊能抬多高就是多高，绝不可绕身一周来个大弯儿。当然，这对于"艺术"来说未必见得就是好事，如它在强化情感的张扬方面总不能达到极致的地步，自然物象的自然法则对于他们来说是不可逾越的障碍（这点还是中国人高明，中国人的艺术没有太多的诫律，一般情况下只要不光身子，怎么都行）。所以，西方雕刻艺术中的人像多是站立姿态，奔跑者虽有之，但不可回避的重心问题是一定要有一个支撑物的，如此一来。"态"——姿态，就是物理性把握原则下去体现精神的重要手段了。

（二）情节性动态和象征性动态的丰富

在中国古典雕刻中，我们由情理性把握原则的规定下可以导出"味"的范畴。在这里，我们从物理把握原则的规定下导出的是"态"。这个"态"说起来委实不如"味'来得更诱人一些，因为它就是指的"姿态"——"动态"而已！西方古典雕刻由于造型观及其把握性原则所使然，也只能借着"态"来体现他们的精神与情感。除此之外则显得无能为力了。所以，在他们的雕刻中，人的姿态、动态确实是达到了无限丰富的程度，人所能够呈现出所有的"态"在千百年的雕刻实践中已被挖掘得差不多了。由此看，现当代雕塑艺术走向所谓抽象的样子，委实是被逼得不得已而为之的事情。在从古希腊至20世纪末的欧洲雕刻的人物造像中，无论是裸体还是着衣，总逃不脱站、跑、坐、走、蹲、跪、躺等的姿态。而站，不是重心在左腿就是重心在右腿或者在两腿之间，那手臂的动作也就是你高一点，我低一点，你伸远一点，我伸近一点，所以米开朗基罗在美第奇教堂的《昼》《夜》《暮》《晨》［图48］等作品中，就只好左腿压右腿，然后再右腿压左腿地换着来。马约尔的几尊"维纳斯"已经重复得没意思了，再让他做十座，肯定就有基本一样的"维纳斯"出现。

图四十八：《昼夜暮晨》2 米开朗基罗

图四十八：《昼夜暮晨》一 米开朗基罗

但是，如果将西方雕刻中的"态"作一归纳性的分析，仍可分为情节性动态和象征性动态两大类。前者即指其动态是处在某种有明确目的的情节中的动作所构成的姿态而言；后者则是指处在非情节状态中的动作所构成的姿态而言，前者例如古希腊的"掷铁饼者"［图49］"斗士""拔剌的小孩"等作品，也如我于2013年创作的雕塑《九天》［图50］一样，它们都属于情节性动态。他们的动作、形体、精神状态都是处在"掷""拔""斗""跪"这几个动作瞬间之中，都围绕着各自的一个中心情节而展开。所以它们这些作品中所表现出的精神与情感也是基于这各自的情节所能够最大限度地呈现出来的这一点之上的。当我们称颂"掷铁饼者"是抓取动作瞬间的典范时，就是说明它所抓取的瞬间是"掷铁饼"这一件事情本身所严格规定了的瞬间，而并不是其他的瞬间。无论人们赋于这个瞬间有多么深广的含义，但都离不开这"掷铁饼"这个前提。就这件作品看，我们完全可以认为截至目前所见，在刻画"掷铁饼"这个事件的雕刻中，古希腊的这件作品是较为精彩的。因为它所抓取的瞬间不仅在呈现的姿态上构成了富有节奏感的动态，同时这个瞬间并非是动作结束时的瞬间而是即将开始或是刚刚开始的瞬间。那枚将要掷出的铁饼带着人们的期待，令人生出种种的揣测来。那永远不会落下的手臂和永远也不会掷出的铁饼，却永远会在人们的心中划出强有力的印痕来，这便是人们见到这件作品所能产生的心理张力，也是这个"瞬间"的奥妙所在。

　　在西方古典雕刻中，非情节性动态的作品（也可谓之象征性动

图五十：《九天》秦刚

图四十九：《掷铁饼者》米隆

态）其成就是大于情节性动态的。而在中国古典雕刻中这一点恰恰相反。我们知道，中国雕刻中的所有人物作品都是处在特定情节之中的。也就是人人有事干。他们或歌或舞、或跑或跳，总之要干一件明确的事情。这一影响直至今天依然存在。这实在与我们长期以来养成的指事性的作风有关。但西方则重在指意（精神意义而非意思）。这一点在当代西方尤其如此。

　　强调精神势必要超越具体事物的具体情节。我们很难确切说明古希腊雕刻中的众神们的一个转身、一个昂头、一个举臂、一个摆手是什么具体情节中的动作。一个断臂维纳斯之所以让后人接上无数条胳膊也不足以使其更加完美，就因为它是不具体的和非情节性的，因而才具有更丰富的多义性和宽泛性。人们正是由此从一看到作品始便立即越过具体情节性的束缚，直接升华到精神氛围之中，并从这具体的作品而非具体的情节中——这尊女神周身的每平方微米所散发出的气息中去感受到所谓"圣洁'"典雅"之类的东西。如果这"维纳斯"果真是在干一件什么事情，人们便很可能不去津津乐道她的动作、体态、表情之精彩了，而去推敲起她在干某件事的合理性了，那她浑身上下透出的精神则一定会被忽视。再如米开朗基罗的《大卫》［图51］的动态与《圣经》故事中的要求并非是很贴切的。如果我们捂住"大卫"的头来看他的身子，不过是一个男性人体罢了，全然没有即将战斗的意思，倒像是美术学院课堂上的模特。那所谓的"甩石机"搭在肩上犹如一条毛巾，握着它的手几分温柔地弯曲着（大师在这里更多的是卖弄了他的高超的雕刻技

图五十一：《大卫》米开朗基罗

术和人体解剖知识）。他借题发挥，让他的《大卫》没有局限在具体的战斗状态中，而是倾全力雕刻了他的标准化、理想化的人体，那种刚健矫捷的男子气的确是通过均衡匀称的人体表现出来的。我们前面所说的那种物理性的把握原则在这儿达到了划时代的高峰。在这里他追求和表现出来的不是圣经中的少年大卫，而是一个散发着阳刚健美之气的英俊青年。从中我们可以看到大师是怀着怎样的对人类之深厚的爱来"复制"人。无论男、女、老、少，他都倾注了深厚的精神性在里边。

象征性动态脱开了具体的情节性动作的束缚后，直奔而去的便是造型性。但西方的这种"造型"和中国的"造型"也是大不相同的。因为他们无论怎样脱开具体的情节，却脱不开"人"的自然关系的束缚。他们的造型是靠动作来实现的；中国的造型则是靠改变（并非有意识的）"人"的自然关系的构成关系来实现的。尽管如此，西方也的确是辟出了一条金光大道。例如罗丹的《青铜时代》［图52］，无论人们说它是什么精神、什么状态，总之是通过骚动不安、如梦方醒的动作来体现的。这个象征"青铜时代"的青年人双臂上举的动作所占据的空间场与双脚并立呈锤状所占据的空间场所形成的上大下小的造型是这件作品赖以传达超情节性特征的本质之所在。即便抛开什么"如梦方醒"的认同，仅就作品本身形态的由下面的锤状向上逐渐展开为扩张形态的空间变化来说，就已具有了所谓"青铜时代"的精神之意象了。再如他的《影子》［图53］就更非是情节性的了，而只是一种动作的造型而已。那种类似困顿昏

图五十二：《青铜时代》罗丹

迷状态中的裸体男人与"影子"这个特定标题是毫无关联的。罗丹只不过觉得这个造型有意思罢了。大约当他将三个一样的人像组合在一起的时候，他才想到了"影子"。

马约尔在将象征性动态过渡到抽象造型水平方面做出了杰出的贡献。当然，象征性动态的东西在西方本来就是源远流长的。例如《维纳斯》《胜利女神》等。尤其在《胜利女神》这件作品中，作者将"胜利"这一功利性的精神情感赋予一个迎风而立向前微倾的女神（人）身上。并力求通过这样一种姿态来印证"胜利"的心意。这就脱开了具体情节中的站立或前倾的女人姿态所具有的意蕴。加之那张开的翅膀所形成的动势使其进入了造型的境界。到了马约尔的时代，他作为古典雕刻面临全面结束时的前夜中的一颗光辉巨星，在继续使用人体动作来表达精神情感方面、奏响了最嘹亮的挽歌。他的《大气》［图54］，尽管作品本身所具有的体量是坚实而厚重的，但那仅以臀部一点着地而四肢平直略作弯曲所形成的轻柔之感是鲜明而强烈的。这件作品无须解释即可令人领略到在这女人体四肢之外所充溢着绵绵大气，是以何等巨大的速度与力量在流动着。我们之所以能感到这个"气"的存在，正是因为这女人体所呈现的动作是纯造型性的。从这件作品回望西方以往的象征性动态会使人产生一览众山小的感觉，在他的另一件作品《河》［图55］中，我们同样感到了一种自然生命奔涌的律动存在。抛开"河"所给我们带来的联想制约，只看这女人雕像显现出的难以自制的兴奋状态，便足以使我们感到这样的动作姿态所"影射"给我们的感受，纵使

图五十四：《大气》马约尔

图五十三：《影子》罗丹

不是奔流的"河"，至少也是"欢腾"与"明快"。在马约尔几乎所有的作品中都是以动态来完成他的象征性的任务的。"山岳""地中海""花神""果神"等，都不外是或站或卧的女人体而已。但这些女人体所展示的姿态都是处在某种精神性的层次而非是情节性层次。因为它重在给人一种感受，并使这感受与它所意欲表达的主题尽可能相吻合。

象征性动态往往具有符号化的特质，因为符号本身就是象征物与被象征意念之间的中介体。象征物往往是可视的。而被象征的东西往往是一种意象。雕刻所能充任的也只是象征物的角色，因为它毕竟是可视的。从前面我们所论述的现象可以看出，这一点往往是靠动态来实现的，也就是说，所谓象征的"语言"大多在于动态本身。但这一点在中国古典雕刻中似乎不在于动态，而是在于显示"符号"的总体意蕴本身。如"鹿'所象征的是"禄"；"龙"是象征的"天子""皇权"；"羊"是象征的"祥"，等等。它们并不在乎这"鹿""龙""羊"在具体的雕刻中是什么样的动态。因为动态是无所谓的，它只求所选择的物象与人们约定成俗的习惯相认同即可，而西方古典雕刻中的所谓"符号化"则不在于其形象的总体意义上，也即是用不着去固定一个特殊含义的东西去专门印证它。作为母题，西方雕刻从古至今也没有离开过人体，但意义不在人体本身，所谓"时代精神""个性特征""思想内涵"，等等。都是通过这些人体呈现的动态来体现的，我们前面曾提到几位大师的作品，那些人物的动态原本是与它们的题目毫不相干的，只因为山岳的厚重、大气的

图五十五：《河》马约尔

轻浮以及青铜时代的勃勃生机的精神在这些作品中作了相应的暗示和规定，才使作品中的这些动态脱开了原来的具体情节性，从而具有了令人沉思的内涵，如此，这些动态才有了指代表象背后的意象性的内涵，成为被指代的含义的当然代表。

这样的传统在西方源远流长。自古希腊乃至更早的时期便充分使用人物动态来显示精神意象的方式了。所以到了十九世纪末又自然而然地衍生出了抽象形态的作品来。其实在骨子里它们仍是一脉相承的延续。所不同的只是显示精神意象的愿望不再是借助有机的人体的动态来实现罢了，而是变为了使用更为本质的造型来显示而已。但是这一变却是有着数千年文明积累的支撑才能做到的。这一变在我们中国则是极为困难的。因为我们的雕刻中本来就含有这方面的内容，本身就有造型的成分，尽管不彻底但唯因其有着它的存在才具有了抵制它自身走向彻底造型化的拒斥力。这一点令人遗憾又无可奈何。

（三）"体"的雕刻型造法的奥秘

除了"态"之外，西方古典雕刻的第三个特征就是"体"。这个"体"不仅仅是指一般的合乎生理标准的人体，更应该是个具有温热度的肉体，承载了艺术家情怀的"精神体"。在西方古典雕刻中，人体，本来就是主要的语言方式，因为其理性、写实的传统，所以，它必然首先是一个写实的合乎生理规范的人体。但又绝不是自然主义的完全复制，而是一个经过艺术家精神之火冶炼之后的纯净的人体。人们都知道，古希腊雕刻中的典雅肃穆风格和人神同一的事实，也都知道文艺复兴时期的雕刻中的"革命"气息和人文主义精神，但这些评价与认可是根据什么而得出的呢？自然是作品本身。确切地说就是根据作品中的人的"体"而得出的。在古希腊时期的雕刻中，那些均匀和谐的人体是任何现实中的人所不能比拟的，也是不具备的，但正因为古希腊人对人体有着深厚情感和雕刻家们对人体所持的审美理想才使得他们在雕刻中创造出了所谓和谐与宁静的氛围来。在颂扬神的同时颂扬人本身的精神是强有力的心理支点，缘于此，他们才舍弃了自然人体中的许多琐碎的、不足以确立审美原则的东西，从而使作品中的人体具有一种圣洁的精神之光，上升到了"体"的境界。这种形态的"体"是赋予了精神的体，而不是对自然之体的复制。

这种对"体"的把握以及经过历代艺术家们所努力而达到的艺术高度，在西方雕刻史中绝不是作为一种模式相承袭而实现的。它是作为时代精神的高度而具有的启示性价值贯穿于整个西方雕刻史中的优秀传统之一，它以强化的方式通过对人体的塑造去展示那不灭的精神的显现。在文艺复兴时期的大师米开朗基罗那里，"体"的成就达到了空前的高度。现实中的生理性的人体与他所创造的人体雕刻再也不能相提并论了。如果说有人把"人"——大自然所创造的万物之灵（人）的构成方式通过什么物质的方式继续推向完美极端的话，这个人非他莫属。但不容忽视，米开朗基罗之所以能达到如此高度也是仰仗有着强烈的情感和伟大的精神支撑的。他所处的时代与他一生痛苦的遭遇使他在作品——人"体'中倾注了对人生的深刻感悟——痛苦与狂喜。在"奴隶'的人"体"中，被缚与挣扎的矛盾冲突使其处在了将要爆炸的状态中。他扭动、紧缩、抗争，乃至呈现出超生理的姿态，而这一切都未背离"体"中所渗透着的精神。如果说他由于对人生的现实感受较之古希腊人要深刻得多，那么出现在他的作品中的那些被强化了的比例关系与那些筋肉毕露的肢体和强力翻转的动态是自然而然的了，因为他是将他的人体作品提高到了"体"的境界之中了。当然这在西方绝非是他一人所独有的风格，而是一种文化的整体特征。在他之后的罗丹和马约尔那里，"体"的意蕴得到了不同方式的表现。二者所独具的精神的力度与情感的强弱总是在"体"的层面上得到独特的反映。在他们的作品中，严谨的体格结构和强健的筋肉肢体的背后都隐藏着精神的存在，都是由于精神的缘故才决定了人物的体格、肌肉乃至整个作品的总体效果。罗丹的雕刻表面所追求的所谓"笔触"效果与马约尔的雕刻表面的光洁效果不但在于二者的手法不同，而且更重要的是他们在"体'这个层面中所具有的精神不同。罗丹更多的是在激情中保持对颤动瞬间的捕捉，而马约尔则是偏重于冷静中对宏观世界的捕捉。罗丹在捕捉中多少有些拖泥带水，显得不够大气，而马约尔在把握中则显得简洁明快，不失大家风度。他们虽然都在使用人体并且都进入了"体"的境界，但各自所显示的精神绝然不同。前者是骚动不安中的对精神危机的左冲右突；后者仿佛是从容静观中的泰然自若。因此罗丹总也丢不开在那些人体上用拇指贴上的小泥片造成的闪烁效果，而马约尔则宁可重复那种丰硕光洁的肢体也不愿增加一点点多余的东西。

　　缘由着古希腊文明缔造的"神人同形同性"思想观，西方的古典雕刻在古希腊的阶段就已然高度成熟并创造了绚丽灿烂的精美"人体"雕塑。而后世之西方雕刻家更是迷醉在这醇美的"人体"之境中，为焕彩的西方古典雕刻添砖加瓦，不亦乐乎。今天，这一人类宝贵的艺术财富毫无保留的展现在世人的面前，我们分析它、研究它就更具有了中西比较的视角和全人类的意义。

三、印度雕塑三屈式的执着

　　印度是一个宗教性质的国家，也是一个文化底蕴非常深厚的国家。古之印度更是一个宗教、哲学异常发达的神话之邦。可以说，印度古代的雕塑、青铜造像是熔铸着诸神之灵的艺术，是神话的象征、宗教的偶像和哲学的隐喻。

　　这神奇的艺术有着以"三屈式"来造型的独特，也有着令今人瞠目结舌的所谓"性乱"之内容。

　　（一）印度雕塑造型"三屈式"的执着。

　　印度的古典雕塑大体上有两种不同的类型：一种是拘泥形式的、"神圣的"风格；另一种是自然主义的、有机的风格。

　　摩亨佐达罗 DK 地区出土的冻石雕刻《祭司胸像》，就属于拘泥形式的、"神圣的"风格，这位"祭司"的造型严肃厚重，拘谨刻板。络腮胡子梳理得像流苏一样整齐，眼眶里原来镶嵌着贝壳，祖露右肩的长袍上装饰着三叶纹（代表星星），这些都是美索不达米亚的早期苏美尔雕像的特征。与苏美尔雕像不同的是，印度河"祭司"

上唇髭剃光了，下唇肥厚，眼睛半闭，保留着印度河土著居民的面貌。

　　哈拉帕谷仓遗址同一地点 1.8—3 米地层的碎砖堆中出土的两尊裸体男性躯干小雕像，一尊是深灰色石灰石雕刻《舞蹈的男性躯干》；另一尊是红褐色砂石雕刻《男性躯干》［图 56］，都属于自然主义的、有机的风格。这两尊哈拉帕小雕像是先分别雕出躯干双腿和头部、上肢再组装起来的，现仅存躯干。尽管《舞蹈的男性躯干》粗大的脖颈后面的多处卯眼不知是否安装过 3 个人头或兽头，《男性躯干》双肩至锁骨部位的圆洼也无法解释，但这两尊裸体躯干尤其是《男性躯干》，塑造得相当自然逼真，显示了对人体结构和肌肉质感的透彻了解和准确把握，哈拉帕躯干惊人的写实主义引起了人们的赞叹和争议，争议的焦点是雕像的来源。有些人猜测它们高度写实的造型如此类似希腊雕刻，恐怕是晚近时代地中海世界的舶来品。甚至当英国考古学家约翰·马歇尔（John Marshall，1876-1958）第一次看见它们时，也不敢相信希腊艺术表现解剖学真实的惊人技巧，竟能由印度河畔远古时代的雕刻家提前使用。

　　印度的造型艺术通常采用两种手法表现内在生命的活力，一种是夸张身体扭曲的动态；另一种是强调肌肤膨胀的肉感，两尊哈拉帕躯干的造型恰恰分别代表着这两种表现手法。

　　第一尊哈拉帕雕塑——《舞蹈的男性躯干》主要通过夸张身体扭曲的动态表现内在生命的活力。这尊雕像头颈向左倾斜，左腿又向右扭转，抬起在右腿之上，全身扭曲成舞蹈动作的夸张姿势，根

图五十六：《男性躯干》印度·哈拉帕谷仓遗址出土

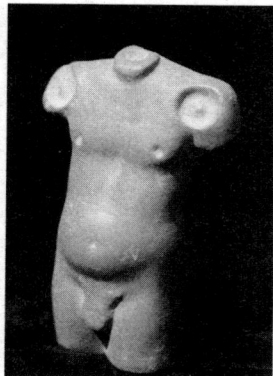

据这种明显的舞姿，以及可能安装过 3 张面孔，学者们推测这恐怕就是中世纪"舞王"湿婆的原始形象。还有人认为这种身体扭曲的夸张动态，是桑奇大塔东门药叉女雕像初创的"三屈式"的滥觞。

桑奇大塔东门的梁托——砂石圆雕的《桑奇药叉女》［图 57］或者叫《树神药叉女》雕像，现在依然悬挂在东门北柱与第 3 道横梁的交角，是所有参观者瞩目的焦点，被公认为印度艺术标准女性人体美的标本，博得了世界各国学者的一致赞赏。

法国学者雷奈·格鲁塞（René Grousset，1885-1954）在《印度的文明》中称赞桑奇药叉女："东门上，连接侧柱与下方横梁柱头的圆雕药叉女像，就是在描写女性形体的诗歌中，也从未形容得比这更富于美感。这种人像在一定程度上相当于希腊的女像柱。但女像柱始终是根人形的柱子，由于在建筑上的任务，被造成固定不动，而桑奇的药叉女雕像则自由地悬挂于整个结构之外。……她两臂攀着树枝，悬身向外，形成一条无比优美的曲线，好像活的藤蔓，使得她那胸部丰满的'金球'，以及她的年轻躯体上的所有健美的肌肉，都像是飘荡在空际。"英国学者查尔斯，法布里（Charles Fabri，1899-1968）在《印度雕刻》中也赞扬："这个雕刻精美的树神斜挂着，似乎是从她栖身的树枝上延伸出来的。她远远脱离了更早的药叉女雕像，实际上，这是一个具有非凡之美的女性形象。雕刻家成功地体现了他的设想，即这尊雕像是树的一部分，她是这棵树的精灵。她在许多方面都是此后若干世纪印度艺术家如此高兴地雕刻的可爱的女性形象的先例之一。"

图五十七：《桑奇药叉女》

站在桑奇大塔东门下，仰望着这尊裸体药叉女雕像，你确实感到她比希腊女像柱更显得摇曳多姿，活泼可爱。希腊雅典卫城厄瑞克忒翁神庙的女像柱，固定在柱廊框架之内，端颜垂裳，伫立不动，虽然有一种高贵静穆不可企及的古典美，但缺乏活动的自由，似乎永远在服着头顶重压的苦役；而桑奇的药叉女雕像，尽管作为塔门的隅撑，也起着加固和装饰建筑的作用，却巧妙利用横梁与立柱相交的三角形空间，以向外舒展的身体倾斜动作，打破了纵横直线框架的约束，在建筑结构之外获得了自由活动的开阔空间，仿佛在轻松欢快地凌空飘荡。这尊桑奇药叉女雕像是杧果树的精灵，自然生殖能力的化身，因此追求动态的造型，以便表现生命的活力。在印度艺术中表现生命的活力，通常采用夸张身体扭曲的动态和强调肌肤膨胀的肉感两种手法，狄大甘吉药叉女雕像强调了膨胀的乳房等女性特征，身体仍处于僵硬直立的古风姿势；巴尔胡特有些药叉女雕像开始倾向于动态的造型，但身体扭曲的幅度不大；桑奇药叉女雕像则把浑圆的乳房、丰满的臀部、粗壮的大腿等肌肤膨胀的肉感，与身体大幅度扭曲的动态结合起来，双倍地增强了女性生命的活力。她头部向右倾斜，胸部向左扭转，臀部又向右耸出，全身构成了一条优美的 S 形曲线。这种身体扭曲成 S 形的姿势就叫"三屈式"（tribhanga，三折），后来成为塑造印度女性人体美的一种规范和程式。S 形曲线在人的视知觉中有向直线复位的趋势，在曲线收缩与扩张之间产生了强烈的张力、弹性和动感，因此三屈式非常适合表现药叉女作为生殖的精灵的女性内在生命的冲动。三屈式可能借鉴了印度舞蹈的动态，也可能是模仿植物生长的形状。这尊裸体药叉女雕像与她攀附的杧果树浑然一体，双臂好像横斜的树枝，乳房犹如熟透的果实，发髻也近似成束的簇叶。

现藏波士顿美术馆的砂石圆雕《桑奇药叉女躯干》，可能来源于桑奇大塔南门或西门脱落的梁托。美国学者本杰明·罗兰在《东西方艺术比较入门》中，比较了印度雕刻《桑奇药叉女躯干》与希腊雕刻《昔兰尼的阿芙洛狄忒》的异同。他指出："这两尊雕像都旨在使崇拜者联想起性爱享乐和生殖能力，二者之间的根本区别，在于希腊的雕像通过以大理石逼真、如实地模仿实际的人体寻求达到这一目的，而药叉女雕像则通过抽象的手段发挥同样的造像学功能，这种手段同样完全具有可塑性而有效。"他所谓"抽象的手段"是指非写实的手法。有时非写实的手法比写实的手法更能够直接揭示对象的本质。《桑奇药叉女躯干》运用非写实手法夸张女性裸体的性征和肉感，不是再现某一个具体的女性人体，而是表现一种抽象的女性模式，更赤裸裸地揭示女性生殖能力的普遍内涵。在这里，我们也许会觉得奇怪：《桑奇药叉女躯干》尽管残缺了，却依然很美，为什么只剩下躯干还如此动人？美国舞蹈家伊莎多拉·邓肯（Isadora Duncan，1877-1927）曾说过：舞蹈动作的能动中心是人的躯干。我们从《桑奇药叉女躯干》上可以发现，女性人体美主要集中在胸部、腰部、臀部三部位的尺寸（现代选美的"三围"）、比例、形状和动态，都是衡量女性美的重要标准。三屈式正是重点突出了女性躯干三部位的美感，《桑奇药叉女躯干》又正是略呈三屈式的动态，虽然已经无头断臂，大腿以下截肢，但躯干三部位优美的 S 形曲线仍没有消失。

第二尊哈拉帕雕塑——《男性躯干》则主要通过强调肌肤膨胀的肉感表现内在生命的活力。美国学者本杰明·罗兰（Benjamin Rowland）在《东西方艺术比较入门》（1954）中，比较了公元前 5 世纪末期希腊雕刻家波利克里托斯的残缺的裸体男性雕像《狄阿多美诺斯》与哈拉帕的《男性躯干》，他指出："在哈拉帕躯干身上没有企图通过强调肌肉的结构示意人体，那是公元前 4 世纪醉心于自然主义的希腊雕刻家特别关注的一点。相反，在雕刻家对实质的形象的认识方面，这尊小雕像完全是印度的，是一种象征性的，而不是解剖学的说明性的再现，其中以塑造的宽凸面实现人体的连接。在这里可以看出一种特性，是许多后来的印度造型艺术范例独具的，那就是对一种内在的张力的暗示，这种张力眼看就要冲出来，胀破紧绷的外层皮肤。实际上，这是雕刻家用来揭示充满并扩张人体的容器的气息即普拉纳的存在的技术手段。因此，雕像看来大腹便便的事实，在造像学上完全正确而真实。这在任何意义上都不是故意制造滑稽效果，因为这种从瑜伽调息产生的膨胀被看作身体与精神健康的标志。"梵语"普拉纳"（prana）意即呼吸、气息，指人体中生命能量循环的气息。"调息"（pranayama）意即控制呼吸，调节气息，是瑜伽修持的一个阶段。本杰明·罗兰不仅论证了哈拉帕躯干的印度属性，而且概括了印度造型艺术的普遍特征——把人体看作充满生命气息的容器，一切造型手法都是为了表现内在生命的活力。

瑜伽调息一般运用腹部动作调节和控制呼吸的节奏，因此这尊雕像肚脐凹陷，腹部凸起。这种大腹便便的充气式造型，屡见于后来的药叉、财神俱毗罗、象头神伽内什和耆那教祖师蒂尔丹卡拉等雕像。在这尊小雕像身上，你还可以发现印度雕刻家不仅善于产生造型的体积感，而且善于表现肉体的柔软性。这不是表面的模仿，而是通过适当抽象的雕塑手法，把肌肤的平滑部分与柔和塑造的躯干的凸面连接起来，夸张肚脐的深度，表示浑厚、圆润、柔软的肉感，充溢着从内部向外膨胀的生命气息。这种自然主义的、有机的风格，实际上是一种"象征性的自然主义"。

印度传统画论《画经》（约公元 4—7 世纪）声称："不知舞论，解难画经。"在印度传统戏剧、舞蹈理论著作《舞论》（约公元 2—5 世纪）中，系统提出了"味"与"情"一对相关的美学范畴。"味"（梵语 rasa，拉斯）原意为汁液、滋味，作为《舞论》时代的医学术语，指由体腺的实际分泌所引起的一种生理、心理状态，在《舞论》中特指戏剧、舞蹈的总体审美情感基调，相当于现代所谓的审美经验或审美愉快。"情"（梵语 bhava，巴瓦）原意为情感、表情，在《舞论》中特指戏剧、舞蹈表演的个别审美情感状态或具体表现手段，包括戏剧语言、舞蹈手势、形体动作和内心情感活动流露的表情。《舞论》把戏剧、舞蹈的总体审美情感基调归纳为艳情、滑稽、悲悯、暴戾、英勇、恐怖、厌恶、奇异 8 种"味"，又归纳出表现 8 种"味"的 49 种"情"，认为"味"产生于各种"情"的结合。《舞论》倡导的"味论"被奉为印度艺术的圭臬和通则，不仅适用于戏剧、舞蹈、音乐、诗歌，还适用于绘画、雕塑。

1921 年《亚洲艺术》杂志发表了法国雕塑家罗丹对南印度朱罗王朝时代的青铜雕像《舞王湿婆》[图 58]的评论。罗丹盛赞朱罗铜像《舞王湿婆》是"艺术中有节奏的运动的最完美的表现"，"充满了生命力，像生命的洪流，像空气，像阳光，生机盎然"，罗丹还惊叹湿婆之舞"以欢快的感情表达哀思"。

曾引起罗丹惊赞的朱罗铜像《舞王湿婆》，在泰米尔纳杜邦的蒂鲁瓦兰加杜出土，现藏马德拉斯政府博物馆，约作于 1000 年，舞姿确实非常轻快活泼，可惜失去了湿婆周围的火焰光环，现藏新德里国家博物馆的一尊朱罗铜像《舞王湿婆》，在泰米尔纳杜邦的蒂鲁瓦兰古拉姆出土，造型极其精美，动态韵律和谐，不仅是朱罗时代舞王湿婆铜像的最佳代表，而且堪称南印度盛期巴洛克风格雕塑的典范。这尊舞王湿婆铜像的造型，是三眼四臂的裸体男性舞蹈者形象。他头戴扇形羽毛宝冠，宝冠上饰有骷髅、新月，缠绕着眼镜蛇。瑜伽苦行者的椎髻由于旋舞迅速而向两侧披散开来，飘逸流动，两个形状不同的耳环也随着舞蹈左右摇晃。右侧飘荡的发绺中一个小小美人鱼似的恒河女神在向下滑翔，表示恒河从天国降凡。舞王湿婆四臂中右上臂的手里，拿着一面小巧玲珑的计时沙漏形手鼓，象征着宇宙的创造，因为传说开辟鸿蒙之际第一件创造物就是声音。在他的左上臂的手里，拿着一团花朵状的燃烧的火焰，象征着毁灭，代表着周期性焚毁、净化和更新宇宙的劫火，他周围的那一圈火焰镶边的光环就代表劫火焚烧的宇宙。手持创造之鼓的右臂与手持毁

图五十八：《舞王湿婆》新德里国家博物馆

灭之火的左臂，保持着全身动态的平衡，象征着宇宙生命创造与毁灭两极的平衡。他的前右臂做无畏势，抚慰信徒不要畏惧。前左臂手做象手势（摹拟象鼻下垂的手势），指向从侏儒背上弹跳而起的左脚，左脚的足尖又指向火焰光环，这种手势和动态结合，启示信徒摆脱无知与"幻"（摩耶）的束缚，消除对虚幻的尘世的痴迷，寻求与永恒的宇宙精神同一，寻求灵魂的解脱。舞王湿婆右腿独立支撑着全身，右脚用力践踏着一个侏儒阿帕斯马拉（原意为癫痫、痴迷），这个代表无知的侏儒被湿婆踩断了脊背，浑身痛苦地痉挛。在铜像的双重莲花底座上，从两侧的怪兽摩卡罗口中，喷吐出那一圈象征宇宙刹那生灭、循环不息的火焰光环。舞王湿婆右脚站在火焰光环的中央——宇宙运动的轴心，他挺胸昂头，神采飞扬，全身动态呈"极弯式"，四臂和双腿自由屈伸，在无知的侏儒背上，跳着节奏欢快的极乐健舞，而他的舞姿又兼有健舞的雄劲和软舞的柔美，表现了宇宙生命奔放的活力与和谐的律动，不愧是"艺术中有节奏的运动的最完美的表现"、罗丹说湿婆之舞"以欢快的感情表达哀思"，恐怕是指湿婆作为生殖与毁灭之神所跳的宇宙之舞，兼有生之欢乐与死之悲哀。正如印度现代诗人泰戈尔翻译的中世纪神秘主义诗人迦比尔（Kabir）的诗歌所说："跳舞吧，我的心，今天来欢快地跳舞吧。恋爱之歌使日夜充满音乐，全世界都谛听着它们的曲调；喜极欲狂，生和死都伴随乐声起舞；山、海、大地也都在跳舞；在爆发的哄笑与呜咽中，人类一齐来跳舞！"

（二）印度性爱雕塑的谜与密。

说起印度雕塑，卡朱拉霍（Khajuraho）神庙［图59］外壁大量赤裸裸的性爱雕刻是永远也绕不过去的一道坎。

卡朱拉霍在印度中央邦北部的本德尔坎德（Bundelkhand），中世纪曾是金德拉王朝（Chandella Dynasty，约950-1203）的都城。卡朱拉霍的性爱雕刻，集中于拉克什曼、维什瓦纳特、黛维·贾格丹巴、奇特拉古普塔、坎达里亚·摩诃提婆等神庙外壁高浮雕饰带上那些恣意交欢的男女爱侣雕像。"爱侣"即梵语"密荼那"（mithuna），意为"一对男女，一对雌雄，性交，交媾，双子星座"，英语常译作 erotic couple。卡朱拉霍的爱侣雕像数以百计，在神庙外壁光天化日之下恣意交欢，展示出一部以岩石刻画的印度性学经典《爱经》，尽情表演《爱经》中传授的各种性交体位和姿势，有些动作好像高难度的体操柔术，性爱的表现比罗马庞贝的某些色情壁画和北京雍和宫男女双修的"欢喜佛"雕像更加大胆而露骨。维多利亚时代的英国人贬斥这些性爱雕刻纯属"淫乱""堕落""发泄兽欲"；而现在世界各国学者们普遍认为卡朱拉霍的性爱雕刻是一种相当奇特而复杂文化现象，实际上是一种"性爱的隐喻"（metaphor of love）。

坦多罗教（Tantrism）即密教神秘主义的宇宙论认为：人体是宇宙的缩影，宇宙生命是男性本原布鲁沙或男性活力湿婆与女性本原普拉克里蒂或女性活力沙克蒂（Shakii，性力）结合的产物，因此男女两性的交媾就隐喻着宇宙两极的合一。坦多罗修行的最终目的是克服两极对立达到非二元状态，获得灵魂解脱的极乐或欢喜。通过

图五十九：《卡朱拉霍神庙》2

图五十九：《卡朱拉霍神庙》1

想象的或真实的男女两性的交媾（密荼那），就可以亲身体验与神合一、与宇宙精神同一的极乐，这种性仪式或性瑜伽被看作灵魂解脱的捷径。在一部坦多罗教支派考拉·卡帕利卡派经典中，就宣称借助醇酒妇人可以获得解脱。距卡朱拉霍约80千米的金德拉时代修筑的城堡卡林贾尔曾是坦多罗教传播的中心，卡朱拉霍神庙恐怕也是举行坦多罗崇拜的狂欢仪式场所。11世纪金德拉国王维迪亚达拉的孙子基尔蒂瓦尔曼，曾奖掖梵语戏剧家克里希纳米斯拉（Krishna-misra）。在克里希纳米斯拉所写的梵语讽喻剧《觉月升起》中，提到丹伽、甘达、维迪亚达拉等金德拉诸王的大臣们，曾举行坦多罗教支派考拉卡·帕利卡的狂欢仪式。在这种性仪式中男性修行者设想他本人就是男神，而他的女性配偶则被设想成女神。中世纪印度教神庙包括卡朱拉霍神庙豢养了大批姿色迷人的神庙舞女，即"神奴"（devadasi，提婆达悉，神的女奴）。这些神庙舞女原来与生殖崇拜的巫术仪式舞蹈有关，在坦多罗崇拜的性仪式中扮演献身于男神（修行者）的女神的角色，但实际上已经由神庙祭司训练成变相卖淫的职业妓女，她们精通《爱经》中《妓女经》的各种性爱技巧。根据克里希纳米斯拉的描述，金德拉诸王被神化为男神，在与神庙舞女进行仪式交媾时从自己身上获得活力达到不朽，通过对神圣的生殖行为的神秘复制来保证维护万物的秩序。德国学者赫尔曼·格茨（Hermarnn Goetz）在他的论文《卡朱拉霍的宏伟神庙群的历史背景》中考证，他已在卡朱拉霍的坎达里亚·摩诃提婆神庙外壁的雕刻中，辨认出以湿婆及其女性活力沙克蒂自居时刻的丹伽，甘达和维迪亚达拉等金德拉诸王。据此推测，卡朱拉霍神庙外壁上那些卖弄风情的女性雕像，恐怕也摄取了金德拉时代神庙舞女的妖艳身影。在坦多罗崇拜的性仪式中，由国王替代诸神与神庙舞女进行实际的交媾，采取这种方式神化国王似乎非常奇怪，而在拥有千百年稳固的农业基础的印度社会中，起源于农耕巫术的生殖崇拜的传统观念极其浓厚，这种衍生于生殖崇拜的文化现象也不难理解。

印度艺术内容深奥，形式丰富，特色独显，可谓自成体系。其是在印度次大陆独特文明的滋养下孕育产生的，也是印度文化的重要组成部分，至今已达5000余年的历史，并对亚洲诸国的艺术曾产生过巨大影响。印度美术不仅具备印度文化的一般特点，而且重点是在与印度的宗教、哲学关系极为密切。上篇所谈之众多雕塑，无论是"三屈"造型的，还是自然有机风格的作品，就其原初的意义而言，往往是宗教信仰的象征或哲学观念的隐喻，而非审美观照的对象。

四、黑种雕塑通灵三界的奇异

黑人艺术和自然的关系既非冷静观察，也非悠然观照，那么是什么呢？我想可以说是人与自然的热烈的共舞。

黑人面具［图60］是舞蹈时使用的道具。他们的舞蹈是一种"腾跳"，我们不说"舞蹈"，因为不带有曲折的情节，姿态也尚未演化出复杂的变化。这腾跳是躯体生存的基本律动，所配合的音乐是敲击；所配合的绘画是纹饰；所配合的雕刻是面具。所有的这些

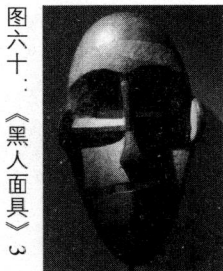

图六十：《黑人面具》3

图六十：《黑人面具》2

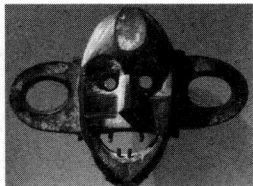

图六十：《黑人面具》1

艺术都是以简单激烈的节奏为主要表现手段的。生命现象从节奏开始，脉搏、呼吸、咀嚼、步行、奔跑……都是节奏，最原始的艺术接榫在这上面。

黑人的腾跳和中国人的静观、守敬、禅定，恰是两个极端。然而，黑人在腾跳中得到的酣畅战栗，与中国人在看云听水时得到的恬适虚静，同是天人合一的神秘经验。这是艺术，也是哲学，更是宗教。

法国艺术史家弗尔（E. Faure）在他的世界艺术史里说："我们不要在黑人艺术中寻求别的什么，只应寻找一种尚未理性化，只遵从初级的节奏和对称的情操。本能在推动年轻的种族，使他们在手指之间所制造出来的生动的形体，具有含混的建筑感，带着稚拙而粗糙的对称性。无疑此本能服从于一种强烈的综合的要求，而此综合活动起于生活经验之先，而非起于其后。"他所提出的"本能"，是一个很具关键性的观念。

曾任塞内加尔（Senegal）总统的桑戈（Sedar Sanghor）是著名诗人，写的虽然是法文诗，但主题则是歌唱黑人——黑人的体质与气质，以及从这体质与气质延伸出来的文艺宗教和哲学。他赞美所谓negritude（黑种性）。他认为欧洲的白种文化是建筑在"理性"上的，而黑人文化建筑在"冲动"上。欧洲人把主观和客观对立起来，从主体出发，分析、解剖客体，最后把客体加以征服、役用而终于摧毁。黑人把主客合一，他生活在感性中，以嗅觉、味觉、节奏、颜色、形象去直接感受外物。他活在对象中，对象也活在他之中，他给对象以生命，对象也给他以生命。

"本能"和"冲动"是从两个角度谈一回事。因为是本能的，所以这里没有理性的反省与推理；因为是冲动的，所以也无情感的蕴藉，缠绵的含咏。

面具上那两条细缝，或者两个圆洞，当然不是眼睛的仿制，绝不是经过理性的观察刻画出来的；也不是经过情绪上的酝酿改造，我们无法辨读其喜怒哀乐。那是眼睛的编码代号，在我们看来是武断的。像儿童画上的一个圆圈，孩子说："这是妈妈。"

眼睛的代号，嘴的代号……拼合起来的面具是一个存在的代号。这面具的表情非笑，非哭，非恬然，非对自然的观察与征服……太大的圆眼或太细的眼缝，像一种最单纯的瞪视或迷失。像一种傻看。而在这傻看之后，有非常强烈的激动。那是人类有一天直立起来，面对大自然若有所悟的愕然、矍然。他看见苍天、大地、万物、周遭，他惊觉他的存在。

愕然与矍然的面具是艺术，是宗教，也是哲学。三者浑然不可分，尚未可分。

面具是哲学，在哲学尚未诞生之前。因为面具对存在提出疑问，也给予回答。疑问以这样的方式呈现后，也就转化为答案。但这答案并非清晰的理念，而是一个说不明白的凿打出来的形象。这形象是问题和答案揉捏起来的大神秘。神秘是答，也终还是问。

面具是宗教，它试着窥测这个世界的秘密和神明，但它没有凝聚出神的抽象意念，也没有把此意念塑造为光辉的形象。光与影，善与恶，尚未有分野。如果把菩萨和恶魔都打碎，再组合起来，造成神灵，也许会形成近乎黑人面具的离奇。一种巫术的魔符。诅咒与祈祷的叠唱。

面具是艺术，但是黑人工匠并不自以为在制作一件艺术品。在操运工具时，他们所考虑的是如何依照传统的程式打凿一个神秘的面具。和任何文化中的雕刻家一样，他们的手和眼，在长期劳动中，逐渐发现造型的规律，他们追求这些规律所能达到的最大效果。最后造出来的面具的感染力、震撼力是巫术的，又是造型的；所以精彩的面具必然是惹眼的，怪异的，"美"却很难说。

一个神学家在这里窥见神的胚胎；一个艺术家在这里看见造型的源起；一个哲学家在这里辨读出符号的雏形，原始的逻辑结构：正方蕴含正方，弧曲推导弧曲，而我们似乎被说服。

其实在我们这一个静观文化中，也不尽是宁静与含蓄。生命是多面的，艺术也因此多样，我们也有剧烈的呼喊与腾跳，酣欢与悲怆，写出存在的惊叹号。只要想一想商周铜器的饕餮，佛寺金刚的怒目，狼藉的狂草，京剧的脸谱……那不也是离奇怪诞的符号？我们也曾以别人看来十分武断的艺术编码来陈述存在的不安，讲生命的故事。这些别人看来十分武断的造形符号和我们的潜意识与集体潜意识、本能与历史沉积相缠织在一起。认识到这一点，我们也许就能较正确地接近黑人艺术了。以平行条纹画出令人目眩的巴鲁巴（Baluba）的面具难道不是和京剧的花脸有相似之处么？

试着设想我们自己的面孔上描绘了大红大黑的图案之后的感觉，

或者就能稍稍揣测黑人戴上面具腾舞的心理状态。当然脸谱和面具之间还有大的不同，我们的脸谱隐隐暗示命运的悲剧；黑人面具更怪异离奇，然而不涉及历史。

诚然，毕竟，我们的文化是趋向宁静的。无论说静的道家，说敬的儒家，说禅的佛家，都相信只有在平静中，智慧才能澄明，才能洞鉴宇宙的秩序，才能体验此心的玄微，才能达到生命的高层境界。中国人所谓的"物我交融"，乃是隐几而坐的"游目骋怀"，一种俯仰于两间的移情的观照。李白诗所说的："相看两不厌，惟有敬亭山。"其实只是"独坐"的我看。恐怕黑人艺术才能算真正的"物我交融"。他们是以躯体投入外物之中，进入面具，裹起草扎的蓬裙，与外物合一而共舞。

中国人要脱离形骸，连自己的躯壳也看作累赘负担，而黑人一心投入形骸之中，灵与肉无间。肉躯即最后的真实，也是最高的真实。躯体的运动即灵的照耀。以肉体思；以肉体诗。礼拜天，腾跳着，他们呼诉祈祷；作政治抗议时，腾跳着，他们游行示威。人的超越性、精神性就在肉体的呼喊中、震颤中、腾跳中显现。

桑戈提出歌唱黑种的灵魂，黑色的肉体。这是他描写黑种女人的诗句。

啊，我的母狮子，黑色的美神，黑色的夜，我的黑色，我的赤裸着的！

第二节　材质写灵魂

人类的创造意识与材料的使用是并生的。在人类漫长的历史演化过程中，从古猿进化为人类最显著的标志就是石器的制作与使用，对石头这一材料的利用成为划分古猿和人类的分水岭。在之后的二三百万年里，人类的每一步的发展，无不与材料的发现与使用紧密相连。材料似乎决定了人类的历史，历史学家们把人类文明初期的文化形态用不同的材料来表示，从石器时代到青铜时代、铁器时代，这不仅是材料品质的不同变化，它更反映了人类的初期文明正是通过发现和制造新材料而不断发展的。以材料的名称作为人类文明的标志，体现了材料对于人类生存发展的决定性意义。这在人类文明发展初期尤为如此。不仅在人类文明初期，实际上纵观整个人类造物史，也就是一部不断发现材料、利用材料、创造材料的历史。材料可谓无时无刻不在影响着我们的生活。

在创作中，任何作品都需要通过材料来得以呈现。在雕塑领域，材料的使用十分广泛，从气态、液态到固态，从单质到化合物，无论是传统材料还是现代材料，天然材料还是人工材料，单一材料还是复合材料，都是我们进行雕塑创作的物质基础。一方面，材料的发展与我们社会的进步有着紧密的联系；另一方面，将材料看作有生命的对象，恰当材料的运用与会使得作品更加完美。在不同的语境下，呈现出不同的感知特性，如物质的、情感的、病态的、医学的、肉欲的，等等。可以说，材料开拓了想象的空间，作品也为材料提供了展示其魅力的平台。

而材料又在作品中几乎扮演着"皮肤"的角色，体现着"皮肤"的功能。从生理学上来说，"皮肤"是针对于人或其他动物、植物而言的，是指身体表面包在肌肉外部的组织。人和高等动物的皮肤由表皮、真皮和皮下组织三层组成，有保护身体、调节体温、排泄废物等作用。"表皮"是指皮肤的外层；植物体表面初生的一种保护组织，一般由单层、无色而扁平的活细胞构成。"真皮"是指人或动物身体表皮下面的结缔组织，比表皮厚，里面含有许多弹性的纤维。"皮下组织"是指皮肤下面的结缔组织，含脂肪较多，质地疏松，其中有血管、淋巴管、神经等，可以起到保持体温、缓和机械压力等作用。格兰特在其所著的《解剖学方法》中这样讲道："皮肤在受到粗糙对待的部位会变厚，在最容易被拉脱的部位被加固，在最易于打滑的部位会有摩擦的皱纹。即使有现代化的精密机械，我们仍然无法制造出一种坚韧、可塑性很大的织物，它既耐冷热又耐干湿，也耐酸碱，并能防止微生物的入侵，并在六七十年的磨损和撕拉中还能始终自行修复，甚至于提供防止太阳射线的适当的色素保护。这实在是一种精妙而强健的组织。"

从"皮肤"的功能上说，无论是人类抑或是动物、植物，"皮肤"都能保护主体免受伤害，隔绝外界对生物内部机体的侵扰，是身体与外界联系的窗户，是肌体"呼吸"的保护层，是身体排泄的

"通道"，"皮肤"与身体是密切相关的。所以，习惯上我们称作的"皮肤"，一般都是针对生物而言。但对于一切人造物或非生命体来说，其表面不具有生命体"皮肤"的结构，因为非生命体的"皮肤"（外表面由一些特殊介质构成，然而却具有与生命体的"皮肤"同样的作用，即保护和美观载体的作用。

作为雕塑作品的材料，不仅拥有生命体"皮肤"保护和美观载体的功能，更具有一般皮肤所没有的第二种功能，就是文化的传达，意义的沟通，个性的张扬。可以说，材料的选择直接决定着作品的成败。

将皮肤的定义广延，目的在于建构一种新的认识，即我们对于所涉及的一切材料，从知觉的角度将它们视作有生命的物质。抽象的质感不光体现了装饰性，艺术家的作用就是要将作品的外表质感与内在情感有机地结合，赋予作品以新的生命力，并精心选择和加工材料，为作品贴上与众不同的"皮肤"。"佛要金装，人要衣装"，现代城市、建筑与一切人造物的"皮肤"，无论是金属板、玻璃或是铝塑板，还是出于功能的需要而设计成不同机理的地砖，在塑料杯的表面贴上的防滑薄膜，以及为了满足不断提高的欲求，而设计出的不同触觉的纤维织物，等等。这些林林总总的"皮肤"和不断涌现出的新材料，都体现了各自文化特征和对自身的定位。

被称为"服装设计界中的建筑师"的三宅一生的作品就极好地将材料与其作品有机地结合在一起。他在自己的作品中摒弃了传统服装的包裹意义，主张发挥自由想象的空间。他经常选用一些褶皱感比较强的织物作为他设计的材料，特别重视布料所传达出来的信息，把服装设计成人体的"诗意的居所"。

中国的古人在这一方面也是充满智慧的。《考工记》说："审曲面势，以饬五材，以辨民器，谓之百工。""天有时，地有气，材有美，工有巧，合此四者，然后可以为良，材美工巧，然后不良，则不时，不得地气也。"可以看出，中国古人对于材料是十分在意的。材料的作用与天时、地气、工巧有着密切联系。光有材美，或者缺少材美，都是为器不良的原因。

在作品设计中，如何将材料的特性发挥到最大限度来为准确传达作品的灵魂服务，显得十分重要。而从众多材料中作出正确的抉择又是十分困难的。

艺术家必须了解和掌握材料的特性，对于材料要有一个较为全面的认识。能动地使用物质的技术条件，材料特性包括了两方面：一是材料的固有特性，即材料的物理特性和化学特性，如力学性能、热性能、电磁性能、光学性能和防腐性能等；二是材料的派生特性，它是由材料的固有特性派生而来的，包括材料的加工特性、感觉特性和经济特性，而这些特性从某种角度上决定了作品的基本面貌。

另外，对于材料知觉性的良好把握也是创作过程中的重要环节。通常，人类依靠五种感官即味觉、嗅觉、听觉、触觉和视觉接受外界信息来感知这个世界。然而，我们还是更多地依赖于视觉所提供给我们的信息，因为我们太相信自己的视觉了。除了视觉，触觉也是重要的感知器官。例如对某些极具质感的或使人产生疑惑的物体，经常会不自觉地用手去触摸，以证实自己所看到的。

质感一般理解为一种通过直接触摸或"视觉触摸"来获得的对材料的感觉经验。质感的表达方式，包括拼贴——真实质感、绘制——模拟质感、概括——抽象质感以及表现——质感转化四个方面。由于立体派发明了拼贴法，发现"材料"可以作为一种艺术创作的手段。所以，拼贴法是我们视觉质感表达的出发点，通过实际接触与制作材料是可以培养出一种对质感敏锐的观察力和表现力，训练出一种写实的和抽象的描绘，以及综合运用质感的能力。

真实质感是指通过对各种材料本身表面纹理的接触所获得的一种触觉经验，即可以通过手的触摸实际感觉到材料表面的特性。

模拟质感，顾名思义是指用描绘的方式直接在作品表面再现出所看到的材料的真实形象，以造成视错觉为最高目标，好像材料的表面真的出现了一般。

抽象质感是建立在模拟质感的基础之上的对材料的抽象表达，抓住事物内在的表现力，将事物的客观特点依照某种方式加以改变。

例如建筑物的表面就是很有质感的。不同的建筑材料会有不同的表面特性，有的光滑，有的粗糙。然而体验建筑并不可能像盲人摸象般仅仅依赖于触觉，建筑表面上的很多质感信息常常是通过人自身经验由视觉感知其表面光线反射和变化来获知的。所以，人们最多且最信赖的还是通过视觉来感受建筑。然而随着社会的发展，当冷冰冰的钢和玻璃被更丰富的建筑材料所替代时，呈现在我们面前的是如此丰富的材料的世界，以至我们更多的开始追求材料的质感和由质感所带来的愉悦。

体现在雕塑的领域同样如此，材料的世界已经是如此的丰富，透过材料的手段来抒写作品灵魂的手段也就层出不穷了。

注释

【注一】《吟窗杂录》之诗有三境。

【注二】《人间词话》之三十三。

【注三】胡适，中国哲学史大纲，中国画报出版社，2014（4），73。

【注四】刘勰，文心雕龙，万卷出版公司，2011（3），神思第二十六，253。

【注五】黄宝生，《梵语诗学论著汇编》，昆仑出版社，2008年，第45页。

【注六】《吕氏春秋》卷第十四《孝行览·本味》篇。

【注七】古风，意境探微，百花洲文艺出版社，2009（10），36。

【注八】王昌龄《诗格·诗有三境》。

【注九】王昌龄《诗格·论文意》。

【注十】王昌龄《诗格》。

【注十一】王昌龄《诗格·十七势》。

【注十二】古风，意境探微，百花洲文艺出版社，2009（10），39。

【注十三】刘勰（《文心雕龙》物色第四十六）。

【注十四】古风，《意境探微》，百花洲文艺出版社，2009（10），153。

【注十五】王国维（《〈人间词话〉附录》）。

【注十六】[唐]，李白，赠汪伦，

【注十七】[法]，卢浮宫，镇馆之宝。

【注十八】贺西林，赵力，中国美术史简编，高等教育出版社，2015（1），35。

【注十九】[唐]，杜甫，春望，

【注二十】贺西林，赵力，中国美术史简编，高等教育出版社，2015（1），83。

【注二十一】陕西碑林博物馆，镇馆之宝。

【注二十二】《太极图说》。

【注二十三】王子云，中国雕塑艺术史，人民美术出版社，2012（1），509。

【注二十四】赵萌，中国雕塑艺术，人民美术出版社，2013（7），56。

【注二十五】《六祖坛经》。

【注二十六】王子云，中国雕塑艺术史，人民美术出版社，2012（1），131。

【注二十七】中国美术简史，中国青年出版社，2004（9），40。

【注二十八】郎天咏，李净，全彩中国雕塑艺术史，宁夏人民出版社，2001（1），29。

【注二十九】王子云，中国雕塑艺术史，人民美术出版社，2012（1），50。

【注三十】中国美术简史，中国青年出版社，2004（9），97。

【注三十一】王子云，中国雕塑艺术史，人民美术出版社，2012（1），451。

【注三十二】郎天咏，李净，全彩中国雕塑艺术史，宁夏人民出版社，

2001（1），58.

【注三十三】王子云，中国雕塑艺术史，人民美术出版社，2012
（1），214。

【注三十四】《马克思恩格斯选集》第2卷，第112-114页，人民出版
社，北京，1972。

【注三十五】［法］丹纳著，傅雷译，《艺术哲学》，安徽文艺出版社，
1991年版，89页。

【注三十六】［法］丹纳著，傅雷译，《艺术哲学》，安徽文艺出版社，
1991年版，92页。

【注三十七】姜澄清，《文人 文化 文人画》，沈阳，辽宁美术出版社，
2002年8月，277页。

【注三十八】姜澄清，《文人 文化 文人画》，沈阳，辽宁美术出版
社，2002年8月，279页。

1. 尼采：《悲剧的诞生》，1986 年版，第 207 页。

2. 尼采：《悲剧的诞生》，1986 年版，第 146 页。

3. 黑格尔：《美学》，第二卷，北京商务印书馆 1979 年版，第 87 页。

4. 熊秉明著：《熊秉明美术随笔》，人民文学出版社 2008 年版，第 128 页。

5. ［美］保罗，蒂利希，《基督教思想史》，尹大贻译，北京：东方出版社 2008 年版，第 335 页。

6. ［英］贝克莱：《人类知识原理》，北京，商务印书馆 1973 年版，第 22 页。

7. 《传习录下》，《全集》，2015 年版，第 124 页。

8. ［美］哈罗德·布鲁姆：《批评、正典结构与预言》，吴琼译，北京：中国社会科学出版社 2000 年版，第 167 页。

9. John Locke, An Essay Concerning Human Understanding, ed. Alexander Campbell Fraser, Oxford：Clarendon Press, 1894：1, 142-143.

10. John Locke, An Essay Concerning Human Understanding, ed. Alexander Campbell Fraser, Oxford：Clarendon Press, 1894：168.

11. ［美］M. H. 艾布拉姆斯：《镜与灯——浪漫主义文论及批

评传统》，郦稚牛、张照进、童庆生译，北京：北京大学出版社 2004 年版，第 46-47 页。

12. ［美］M. H. 艾布拉姆斯：《镜与灯——浪漫主义文论及批评传统》，郦稚牛、张照进、童庆生译，北京：北京大学出版社 2004 年版，第 47 页。

13. 张岱年：《中国哲学大纲》，中国社会科学出版社 1982 年版，第 39 页。

14. 《中国哲学的诠释与发展》，1999 年版，第 430 页。

15. （宋）范温：《潜溪诗眼》，载《宋诗话辑佚》上册，中华书局。转引自吴调公主编《中国美学资料类编，文学美学卷》，江苏美术出版社 1990 年版，第 558-560 页。

16. 转引自钱锺书：《管锥编》第四册，1999 年版，第 1357 页。

17. 参见周振甫主编：《文心雕龙辞典》，中华书局 1996 年版。

18. 刘纲纪、范明华：《易学与美学》，1997 年版，第 2-6 页。

19. 傅巧玲，徐元：《西湖论艺》，《美术》，2008 年（5），204 页。

20. 潘天寿：《听天阁画谈随笔》，2013 年版，第 28 页。

21. 叶尚青：《潘天寿论画笔录》，2013 年版，第 122-123 页。

22. 叶尚青：《潘天寿论画笔录》，2013 年版，第 121-122 页。

23. 转引自《哲学大辞典·中国哲学史卷》，上海辞书出版社 1985 年版，第 356 页。

24. ［德］G. W. F. 黑格尔：《美学》第一卷，商务印书馆 1979

年版，第 5 页。

25. 陈传席：《中国绘画美学史》上册，2009 年版，第 262 页。

26. 滕守尧：《审美心理描述》，四川人民出版社 1998 年版，第 106 页。

27. 《画筌》，见俞剑华：《中国古代画论类编》，1957 年版，第 815 页。

28. 《画筌》，见俞剑华：《中国古代画论类编》，1957 年版，第 816 页。

29. 韩林德：《石涛与（画语录）研究》，1989 年版，第 173 页。

后 记

常言道：初生牛犊不怕虎。于我而言，想要构建一个"雕塑诗学"的理论大厦是一个巨大的挑战。所以首先要感谢引领我进入雕塑大门的恩师朱尚熹先生。

2009年我进入四川美术学院雕塑系进修学习，幸蒙朱尚熹先生授业，在两年进修的日子里，朱先生每次课堂皆躬身示范，对我这已过而立之年的"大"学生无数次面授雕塑心法。我虽初涉雕塑，天资愚钝，但在先生的教导下，2011年顺利考入广西艺术学院攻读雕塑专业综合材料方向的研究生。

2011年9月我从重庆火车站出发，呼啸奔驰的快列带我投入南国广艺我的导师朱连城门下。感谢我的导师，以执着的精神和慈爱的态度给予我艺德、专业方面的悉心指导，甚至我的生活，他都关怀备至。

更要感谢恩师石向东先生，读研三年，蒙受先生耳提面命，多少个灿烂的日子，在先生工作室领略先生那倜傥奥妙的学术风采。

感谢在川美求学的日子里，给我帮助的何力平老师，以及幸能同窗的张超、邵丽华、娄金，你们给了我学习的信心和动力。感谢在广艺的日子里，造型艺术学院的黄月新老师、张鸣老师、何振海老师、覃继刚老师。

　　感谢沛鸿公寓我那一住三年的室友兼同学杨毅璞、周英皓、王冉然、甄亚雷、赖跃文、袁闻博、赵政、刘杰、龙凯、张颖。还要感谢吴闵、王乐、罗臣晋、刘蓓、杨奕龙、魏杨博文、赵学忠。因为有你们，这三年都是值得回味的。

　　感谢中国美术学院印洪博士、教授；上海音乐学院吕畅博士、副教授；韩国世宗大学马刚博士；西北师范大学姜库老师对本书写作提出的宝贵意见。

　　感谢四川音乐学院侯钫书记对我本人学术工作的支持与关怀。

　　感谢范继义老师对本书出版付出的辛劳。然而，虽有诸多老师同学的帮助，但以才疏学浅之力施攀登学术巅峰之举，文中定当有相当纰陋之处，还请读者与专家给予指正。

　　2018 年 4 月 3 日于成都武侯新生路 20 号四川音乐学院